बचपन के रंग

पुष्पेय

BlueRose Publishers

First Published in May 2021

ISBN: 978-93-5427-988-1

BLUEROSE PUBLISHERS

www.bluerosepublishers.com

info@bluerosepublishers.com

+91 8882 898 898

Cover Design:

एकलव्य गोंदुड़े

Typographic Design:

प्रद्युम्न गोंदुड़े

Editor:

डॉ थारुल गोंदुड़े

Distributed by: BlueRose, Amazon, Flipkart

आई -पापा जी,

दादा-दादी,

नानी,

मेरे बच्चे प्रद्‌युम्न-एकलव्य

और

मेरी मित्र डॉ थारुल ....

आप लोगों के लिए।

आमुख

बचपन के रंग -एक सार्थक प्रयास

आज जहाँ बाल पत्रिकाओं के बंद होने का सिलसिला थमने का नाम नहीं ले रहा है वहीं पुष्पेय द्‌वारा रचित बाल कहानी संग्रह **'बचपन के रंग'** एक प्रसंशनीय एवं सार्थक प्रयास है ।

बाल कहानियां बच्चों में सभ्यता एवं संस्कृति का बीजारोपण करने में सहायक होती हैं । इसमें छोटी छोटी कहानियों के माध्यम से बच्चों के मानसिक विकास के साथ उनकी रोचकता एवं मनोरंजकता का भी ध्यान रखा जाता है।असल में बालसाहित्य बच्चों से सीधा संवाद करने की विधा है । अट्‌ठारह बाल कहानियों से सुसज्जित **'बचपन के रंग'** में पुष्पेय ने वर्तमान परिप्रेक्ष्य में बचपन और बचपन की मनोदशा व्यक्त की है । उन्हें बचपन में अपने दादा से जो सामाजिक, सांस्कृतिक , जीवन मूल्यों एवं व्यवहार के प्रति सतत चेतना का संस्कार मिला है उसका प्रभाव कहानियों में व्यापक रूप से दिखाई देता है । अधिकांश कहानियों में प्रकृति प्रेम एवं जीवन निर्माण का संदेश प्रतिध्वनित होता है । कहानियों में रंग व्यक्ति के स्वाभाव,प्रकृति,पालतू तथा वन्य जीवों और हॉस्टल के जीवन के माध्यम से और कभी प्रेम, कभी ईर्षा, कभी

द्वेष तो कभी गुस्से रूपी कूंचे की मदद से भरने की कोशिश की गयी जो, अद्भुत है । यह पुष्पेय का प्रथम बाल कहानी संग्रह है, पर उनका सशक्त लेखन अनेक संभावनाओं की ओर आश्वस्त करता है । मैं उनके उज्ज्वल साहित्यिक भविष्य एवं **'बचपन के रंग'** की सफलता के लिए अशेष शुभकामनाएं देता हूँ ।

डॉ.माणिक विश्वकर्मा 'नवरंग'
वरिष्ठ साहित्यकार एवं समीक्षक
क्वार्टर नं.एएस-14,पॉवरसिटी
अयोध्यापुरी,जमनीपाली
जिला-कोरबा (छ.ग.)495450

स्वीकृति

"बच्चों को रात में गहरी नींद सुलाने के लिए और भोर में गहरी नींद से हंसते हंसते जगाने का एकमात्र रामबाण उपाय है कहानियां...."

गंगाराम जी गोंदुड़े (मेरे दादाजी)

"बचपन के रंग" का संकलन करते समय मुझे अपनी समस्त कहानियों पर नजर डालनी पड़ी । सभी कहानियां बचपन को पुनः जीवित करने का प्रयास है । इन कहानियों के अलग-अलग मूड है, लेकिन बचपन ही इन कहानियों की आत्मा है । अपनी कहानियों के माध्यम से कोई उपदेश नहीं दिया वरन कुछ संस्मरण,कुछ किस्से,कुछ फंतासी,कुछ डर और कुछ यादों को भी पिरोया है । मेरी कहानियों में यादों की कुछ पड़ाव है, जो अभी के समय से लेकर करीब 35 साल पुराने है तो कुछ भविष्य के गर्त से भी हैं । इन कहानियों में मैंने, मेरे भीतर बैठे स्वयं को और उसके अंदर विराजमान अपनों को, ढूंढने का प्रयास किया है ।

हिंदी की विधा के अनुसार मैं एक अशिक्षित कथाकार हूं । मेरे अंदर कहानियों का जन्म मेरे अंदर दादाजी से मिलने के बाद ही हो गया था,जब मैं उम्र के दूसरे साल ही मेरे दादा और दादी के पास रहने चला गया ।

मेरे अंदर मेरी कहानियां मेरे दादाजी की ही कृपा है । बचपन में, मैं और मेरे सभी चचेरे-फुफेरे भाई-बहनों की अलसाती भोर, मेरे दादाजी की कहानी से शुरू होकर और कभी गर्मी के दिनों में आसमान की छत तले, और तारों की चादर ओढ़ कर तथा कभी ठंड के दिनों में सपनों की रजाई तान कर, दादाजी की प्रेम और मीठास से लबालब कहानियों के साथ ही बीतती थी ।

मेरी यह पुस्तक धन्यवाद देने का प्रयास है मेरे दादाजी, मेरी आई "श्रीमती पुष्पा" , मेरे किसना काका, श्रीमती तारा गौड़ मैडम,हिंदी शिक्षिका नवोदय विद्यालय, श्री दे.न. नांदेकर सर, शिक्षिक समर्थ विद्यालय लाखनी तथा मेरे 'रमू मामा' जिन्होंने मेरे अंदर सृजनशीलता सींचने का प्रयास किया ।

मेरे बच्चों के जन्म से पहले तक मैंने खुद को कभी लेखक नहीं माना, अपितु कवि ही मानता रहा। सर्वप्रथम मेरे कहानी के प्रयोग मेरे छोटे भाई 'मोहित' के उपर हूए, जो बचपन में मेरी अपरिपक्व और बेरस कहानियां भी रस लेकर सुनता... शायद मुझे कहानीकार बनाने में उसका बेशकीमती योगदान है । उसके पश्चात मेरी चचेरी बहनें 'साईली-सुरभि' जो हमेशा मेरे से कहानियां सुनती थी । यह दोनों बहनें मेरे साथ में नहीं रहती थी, मगर जब भी हम लोग मिलते हैं तब हम बस कहानियों में ही बातें करते थे ।

स्वीकृति

मेरी शादी के पश्चात पूर्वा,नानू, मुकुल, पीहू, जीनु, टीनू लड्डू, दक्ष, हनू, छकू जिनके लिए मैं कहानियां बुनता हूं ।

साथ ही मेरी यह कहानियां मेरे चाचा-चाची, बुआ, मामा-मौसी, गुड्डीताई ,छोटी ,बालीताई, मालूताई, अमर, बबलू, छोटाबंटी, सोनू, डैनी, गुड्डू, मेरे सहपाठी जवाहर नवोदय विद्यालय साकोली प्रथम बैच, सहपाठी (जिला परिषद स्कूल मोहाडी और समर्थ विद्यालय लाखनी) और सभी भाई बहनों को समर्पित करता हूं, जिन्होंने मुझे मेरा बचपन जीने दिया । अंत में, मैं मेरी पत्नी को धन्यवाद देना चाहता हूं जिसने मुझे नौकरी के साथ सृजन-पूजन करने की आजादी प्रदान की ।

और साथ ही मैं दिल की गहराइयों से धन्यवाद देना चाहता हूँ प्यारे बच्चों को : स्वास्तिक साहू, प्रतिक साहू, प्रतीक्षा साहू, मिली पवार,तन्वी कडोकर और एकलव्य गोंदुड़े जिन्होंने अपने चित्रों के द्वारा मेरी किताब को साकार होने में मदद की और प्रद्युम्न गोंदुड़े जिसने संकलन और संपादन करने में मेरी मदद की और विशेष आभार गूगल का जिसने हर कदम पर साथ निभाया ।

(*ताई=मराठी में दीदी को ताई कहते हैं ।)

लेखक: पुष्पेय,
06.02.2021

अनुसूची

1- अबोध पाप

स्कूल की छुट्टीयों का मज़ा हमेशा अलग ही रहा हैं | हर दफा उसका अंदाज भी जुदा होता हैं,और जब बात दिवाली की छुट्टीयों की हो तो क्या कहने ?

दीदी,गुड्डु भैया और मैं हमेशा इंतजार करते थे....इन छुट्टीयों का | हम दिवाली में अपने पैतृक गांव **"ददिया"** जो जाते थे, रायपुर के लोगों से अलग ,रायपुर के लोगों की सोच से अलग,रायपुर की भीड़ से अलग.....शायद पूरी दुनिया से अलग | एक अपने आप में पूरी अलग ही दुनिया था हमारा बारह सौ लोगों का गांव **"ददिया"** |

मिट्टी और गिट्टी की सड़के,चारों और पवित्र और खुशनुमा हरियाली...शुन्य प्रदुषण के साथ | सुबह,शाम और रात में गूंजता गाय-भैसों और बकरियों का आलाप । सुबह सुबह वो गोबरके पानी से घर-आंगन लीपना और फिर उसपर मनभावन रंगोली ।

हमारा गांव शहर के बस स्थानक से छह किलोमीटर की दूरी पर था जो हमें पैदल या फिर सायकिल पर तय करना होता था । आई,बाबा, दीदी,भैय्या और 'थारूल' यानि कि मैं ,शादी के पूर्व की सारी दिवालियाँ वहीं मनाते थे।

बात उन दिनों की हैं जब मैं कक्षा तीन में पढ़ती थी, दीदी छठी में और भैय्या कक्षा नवम में पढ़ता था । दिवाली को आठ दिन शेष थे।

दिवाली में काफी ठंड होती थी ददिया में । हर सुबह हम लोग स्वेटर और मफलर ओढकर अपने गन्ने के खेत में जाते थे । उसी खेत की मेड़ पर एक अमरुद का पेड़ भी था.....लाल-लाल और रसीलें अमरुद । खेत के बाजू से ही कलकल करती **'वैनगंगा'** नदी बहती थी । उसे देखने मात्र से ही हम तीनों के दुख-दर्द और आपसी खींचतान समाप्त हो जाती थी । उस दिन मुझे उसी अमरुद पेड़ पर कुछ अजीब सी हलचल नज़र आ रही थी । धीमे धीमें पावों से करीब पहुंची तो एकदम चहक उठी ।

बचपन के रंग

एक चिड़िया अपनी चोंच से दो नवजात बच्चों को खाना खीला रही थी । मैं अमरुद और गन्ना छोडकर बस उन्हें देखती ही रह गई...उसी पल मुझे उनसे प्यार हो गया था...शायद । उस दिन से मैं बस उन्हें ही देखती रहती ।

अगले दो-तीन दिनों में मैं सुबह-सुबह ही खेत पहुंच जाती वह भी दीदी और भैय्या से पहले.....मगर अमरुद या गन्ने के लिये नहीं, बल्कि चिड़िया और उसके बच्चोंके लिये । जब तक दीदी और भैय्या गन्ना और अमरुद खाते तब तक मैं बस उन्हें निहारती रहती थी ।

शायद...अब वें भी मुझे पहचानने लगे थे । अब मैंने भी उनका नामकरण भी कर दिया था..... भुरे रंग का **चिकू** और गहरे लाल रंग का **मिकू** ।

दीदी और भैय्या ने भी मेरा नामकरण कर दिया था' चिड़िया ' । घर जाकर 'आई और बाबा' को बस उनकी ही बातें सुनाती रहती थी ।

आज दिवाली का दिन था । सुबह-सुबह ही मैं वहीं पहुंच गई क्योंकि अगले दो-तीन मुझे वहाँ आने नहीं मिलनेवाला था क्योंकि दोनों बुआए अपने परिवार के साथ आ गई थी । मैं बस उन्हें निहार ही रही थी कि भैय्या और दीदी और मेहमान बच्चों के साथ पडोसी का कुत्ता **"मोती"** भी आ गया था । मोती मुझे बिलकुल भी पसंद नही था । वह हमेशा जीभ बाहर निकालकर बड़ी-बड़ी आँखों से बस... मुझे घूरते रहता था ।

उसी पल एक डरावनी घटना हो गई । एक बड़ी सी चील कहीं आसमान से आ झपटी वह भी चिकू और मिकू के घरौंदे पर ।

चिड़िया भी डर गई थी । एकाएक चील ने मिकू को अपनी चोंच से उठाया और भागने लगी । चिड़िया भी मिकू की खातिर उसके पीछे दौडी । और इसी छीना झपटी में उनका घौसला भी टूट गया और चिकू भी नीचे गिर पड़ा.... ...धडाम से ।

जैसे ही चिकू गिरा वैसे ही मोती उसे खाने के लिये झपटा...मैं भी डर गई थी, पर आंखों में आँसू और गुस्सा दोनों उमड़ रहा था । मैं भी जोर से दौड़कर चिकू

के पास लपकी और उसे झट से उठा लिया । वैसे ही मोती मुझपर झपट पड़ा ....उसीपल भैय्या ने मोती को भगा दिया ।

मैंने चिकू को रुमाल में छूपा दिया । मगर उसका खून बह रहा था । भैय्या, मुझे डांट रहा था कि, 'नादानी की वजह से आज मोती मुझे काटने ही वाला था' ।

ऐसा कहकर भैय्या ने घोंसला उठाकर पेड़ पर रख दिया।

मगर मेरा ध्यान तो कहीं और ही था....मां की ओर...मात्र चिकू की मां की ओर । बहुत देर हो गया वह नहीं लौटी । चिकू का खून धीरे धीरे बह ही रहा था । मैं रोते-रोते उसे घर ले आई .....वह भी दीदी और भैय्या के मना करने के बावजूद ।

घर पहुंचकर मैं 'आई' की गोदी में लिपट रही थी और जोरों से रो भी रहीथी। दीदी ने 'आई' को सबकुछ बता दिया था।

आई, पीछे आंगन से गीली मिट्टी ले आई और चिकू के पैरों पर लगा दिया।अब खून बहना बंद हो चुका था।

दोपहर में बाबा आएं..... खूब सारे पटाखे, मिठाईयां और नए कपडे खरीदकर। अबतक, मैं भी सदमे से उबर चुकी थी।

बाबा ने उसे कोई दवाई लगा दी थी । हमने उसे 'मिठ्ठु' के पुराने पिंजरे में रख दिया था.....उसे खाना खिलाकर । साथ में कुछ सूखे पत्ते,फटे कपडे भी रख दिए थे ताकि उसे ठंड ना लगे । मगर...आई बार-बार दोहरा रही थी कि इसे घर नहीं लाना था, इसे छुना नहीं था ।

इसीतरह दिवाली के तीन दिन बीत गए,हमारी धमाचौकडी में।

चिकू भी अब लगभग पूरीतरह स्वस्थ हो गया था । दिन भर चीं-चीं करता रहता था ।

मेहमान भी जा चुके थे।

दीदी भी कह रही थी कि परसों हम वापिस जाएंगें......रायपुर।

अब, मैं भी चिकू को वापिस पहुंचाने का निर्णय ले चुकी थी ।

अगली सुबह हुई ।

आज की सुबह उतनी खुशनुमा नहीं लग रही थी, पता नहीं क्यों ? दीदी और मैं, दोनों चल पड़े थे चिकू को लेकर ।

हम पेड़ के पास पहुंच गए थे । वहां कुछ हलचल भी थी । पता नहीं किसने हमारे वहां आने के आहट दी थी ?

अब भी घौंसला वहीं था.......चिकू की मां भी वहीं थी हमारा स्वागत करने ....मगर नम आंखों के साथ । उसकी आंखों में आंसू थे.......खुशी के या गम के पता नहीं ?

हमने पिंजरा खोला । वैसे ही चिकू को निकाला । वह नन्हा धीरे-धीरे बाहर आ गया । वह बाहर ताक रहा था, कुछ ढूंढ रहा था ? शायद मां को या फिर अपने घोंसले को ।

उसीपल दस-बारह चिडीयां एक साथ उसी की ओर दौड़ पड़ी।

मैं खुश थी कि वह अपने घर वापस आ गया और और उसका समाज स्वागत के लिए दौड़ पड़ा हैं ।

एकाएक स्वागत के लिए दौड़ रहा उसका सब समाज......उसपर झपट पड़ा , और सब चिडीयां उसके सिर के उपर वार पे वार करने लगी,हम लोग उन्हें भगाने का निरर्थक प्रयास करने लगे ।

पुष्पेय

अगले पांच मिनट में सारा समां ही बदल गया था, उसके सिर से खून बह रहा था ज्यादा...... बहुत ज्यादा , लेकिन वह तड़प भी नहीं रहा था ।

वह खामोश हो चूका था.......... शायद ! हमेशा के लिए ।

अब, मैं पुन: रोते-रोते भागी........अपनी 'आई' के पास । दीदी ने पुन: 'आई' को सारी चीजें बताई ।

'आई', मुझे पुचकारने लगी और समझाने लगी ।

आखिरकार, आई ने मुझसे कहा, " बेटा, इसीलिये मैं कह रही थी कि इसे घर नहीं लाना था, क्योंकि बाकी चिडियांए इसे मार ही डालेंगी " ।

मैं तो रो ही रही थी, और रोते-रोते ही मैंने कहा,"आ... आ... आ... आ आई ईईईईईई, मुझसे तो पाप हो गया" ।

'आई' ने मेरे आंसू पोंछे और कहा कि,बेटा यह पाप तो नहीं हैं.......अनजाने में हो गया...यह तो हैं एक **'अबोध पाप'** ।

{ आई- मां के लिए मराठी में संबोधन।

बाबा – पिता के लिए मराठी में संबोधन । }

2- चावल के दाने

पांच साल का बंटी अपने दादा दादी के साथ पैतृक गांव में रहता था...... मां बाप से दूर । गांव हरियाली और खुशहाली से लदा हुआ था । मिट्टी का घर जो लाल-गेरूएं कवेलूओं से ढका हुआ था या यूं कहें कि सजा हुआ था । पीछे एक बड़ा कुआं... कुँए से लगी हुई सब्जी की बाड़ी और एक हिमालय-सा सिर ऊंचा करके खड़ा हुआ इमली का पेड़ ।

बंटी के ताऊ जी पड़ोस में रहते थे । उनका छह साल अमर का बंटी का भाई भी था और दोस्त भी । उनके पड़ोस में बहुत से बच्चे भी थे, जो सभी लोग साथ में खेलते और उधम मचाते । सभी लोग कभी गिल्ली-डंडा, कभी कंचे, कभी लट्टू तो कभी लकड़ी के बैल बनाकर, कवेलू की बैलगाड़ी को पूरे मोहल्ले में घूमाते रहते ।

गर्मियों का मौसम आ चुका था । दोपहर में सभी बच्चे बंटी के घर में जमा होते थे । भरी दुपहरी में धूप में जाना मना था इसीलिए कोशिश यही होती थी कि किसी बड़े के सामने धूप में नहीं निकलना है ।

दादी, दिन में कभी दाल, कभी चावल तो कभी चना आंगन में सुखाते रहती थी और दानों की खोज में वहां चिड़िया भटकती रहती थी । आंगन के बगल में पानी की एक टंकी भी थी जो चिड़िया की प्यास बुझाती थी ।

दिन में, दादू जूट की रस्सियां बुनते रहते थे ताकि घर में मौजूद गाय, बैल और अन्य जानवरों के लिए इस्तेमाल किया जा सके । दादू रस्सी बुनते-बुनते चावल- दाल- चना इनकी, चिड़ियों से रक्षा करते थे ।

पिछले कई दिनों से चिड़ियों के आने से आंगन में चहल-पहल बढ़ गई थी । बच्चे भी चिड़ियों के आने से प्रफुल्लित हो जाते थे । उन्हें बात करने के लिए नया विषय मिल गया था ।

गांव में तकरीबन हर घर में तोता रखना एक शान का विषय था । क्योंकि सबके घरों में गाय, बैल, कुत्ता या बकरी होना एक आम बात थी । क्योंकि पूरे गांव में खेती करना ही एक मुख्य व्यवसाय था । कुछ अमीर लोगों की किराने की या दवाई की दुकान हुआ करती थी या फिर छोटे-छोटे होटल।

आज घर के आंगन में सुखाने के लिए कुछ नहीं था । गौरैया अपने चिर परिचित अंदाज में, पूरे परिवार के साथ पहुंच गई थी पूरे आंगन में चीं-चीं का स्वर गूंज रहा था । दादी ने देखा कि चिड़िया भूखी घूम रही है उसके बच्चे इधर-उधर दाने की खोज कर रहे हैं । दादी से यह देखा नहीं गया।

दादी: “बंटी! कटोरी में चावल के दाने ले जाओ और आंगन में भी कर दो।”

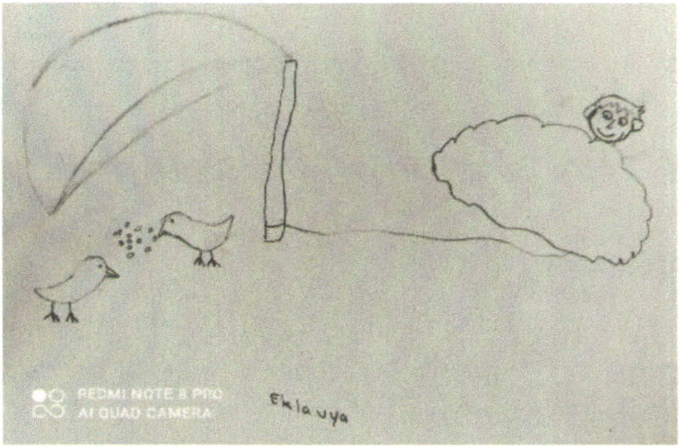

बंटी खुश था... थोड़ा अभिमान भी महसूस कर रहा था क्योंकि आज वह पहली बार कुछ बड़ा जिम्मेदारीवाला काम करने जा रहा था.... गौरैया को खाना खिलाने जा रहा था ।

बंटी ने जैसे ही नहीं चावल के दाने बिखरे.... पहले पूरी चिड़िया फुर्र से उड़ गई और फिर बिखरे हुए गानों पर टूट पड़ी। सभी बच्चे इस नई गतिविधि से विस्मित थे और ध्यान मग्न होकर अचंभित से देख रहे थे । इसी बीच पड़ोस का 'मुन्ना' जो अपने भाई तीन साल के 'टुन्ना' के साथ आया था।

'टुन्ना' थोड़ा तूतलाता था जिससे सभी लोग उसकी ओर आकर्षित होते थे।

'टुन्ना' मिट्ठू के पिंजरे की ओर देखकर एकाएक बोल पड़ा, "अगर मिट्ठू की जगह चिड़िया को पिंजरे में रखेंगे तो ?"

उसके इस अप्रत्याशित प्रश्न ने सभी के अंदर एक नई ऊर्जा भर दी थी । एकाएक सभी बच्चे अपने-अपने विचार व्यक्त कर रहे थे और बच्चों की बैठक शुरू हो गई थी । कोई कह रहा था....ये दिन भर चीं-चीं करेंगे । किसी ने कहा, " यह हरी मिर्च नहीं खा पाएंगे क्योंकि तीखी होती है इसीलिए इन्हे दूसरा खाना देना पड़ेगा ।

तभी 'टुन्ना' बोल पड़ा, " भैया पतड़गे तैसे ?" उसकी तुतलाहट देखकर सभी हंस पड़े ।

अगले दिन पुनः एक बैठक हुई । किसी ने कहा, " गमछा फेंककर पकड़ेंगे।"

टुन्ना: "भैया! दोलकर पतलोना? (भैया दौड़ कर पकड़ो ना?)

सभी फिर हंस पड़े ।

अमर बोल पड़ा, " नहीं हम लोग दौड़कर या गमछे से नहीं पकड़ सकते । इन्हें उल्लू बना कर पकड़ना होगा"।

टुन्ना: उल्लू कैछे बनाएंगे.... यह तो चिलीया है। सभी फिर हंस पड़े । मुन्ना ने गुस्से से उसे चुप कराया ।

मुन्ना: "कैसे पकड़ेंगे, बताओ अमर ?"

बंटी: टोकनी में पकड़ेंगे।

मुन्ना: कैसे ?

अमर के दिमाग की बत्ती जल उठी : "यह काम तुम मुझ पर छोड़ दो। "

अमर ने बंटी से कहा कि वह दादाजी की बनाई हुई रस्सीया ले आए । टोकनी लाने की जिम्मेदारी अमर ने खुद अपने ऊपर ले ली और मुन्ना से कहा कि वह एक डंडा ले आए।

योजना अनुसार अगले दिन सभी लोग अपने हिस्से की वस्तुएं लेकर पहुंचे । अमर ने डंडे के सिरे से रस्सी को बांध दिया । टोकनी को डंडे के सहारे से खड़ा कर दिया था और ठोकने के नीचे चावल के दाने बिखेर दिए थे और सभी बच्चे एक दीवार की आड़ में छुप गए ।

बच्चे सभी दीवार के पीछे ही थे मगर सबकी आंखें आंगन में भी बिछी हुई थी । सब बच्चे एक दूसरे को शSSS..शSSSS.... करके चुप कराने की कोशिश कर रहे थे । बदमाशी या अपराध करने में भी अनुशासन की और योजना की जरूरत पड़ती है यह पाठ सबको मिल रहा था । मगर उनकी दृष्टि में यह कोई अपराध नहीं था अपितु एक साधारण-सा खेल था।

समय बीत रहा था.... गौरैया अपने साथियों के साथ आती और दाना चुग कर भरSS-भरSSSर कर उड़ जाती । कोई भी चिड़िया टोकनी के अंदर रुक कर दाना नहीं चुग रही थी।

टुन्ना, चिड़िया की हरकत देखकर खीज उठा और झुंझलाहट में चिल्ला बैठा, "अले! बैठ कर खाओ ना ले।" मुन्ना ने खींचकर उसे बिठा दिया ।

बचपन के रंग

अमर अभी भी हाथ में रस्सी थाम कर सब को शांत कराने की कोशिश कर रहा था।

बंटी एकाएक बोल पड़ा: आप लोग शांत नहीं बैठोगे तो घर से भगा दूंगा । सभी लोग पुनः अनुशासन में छुप गए । इसी बीच एक गौरैया दो-तीन बच्चों के साथ वहां दाना चुगने लगी और उसी समय अमर ने एक झटके से रस्सी खींच ली । भर्र भर्र के आवाज के साथ ढेर सारी चिड़ियाए उड़ गई । बच्चों के समझ में नहीं आ रहा था कि टोकनी के अंदर कोई चिड़िया फंसी भी है या नहीं।

बंटी, अमर,मुन्ना,टुन्ना और बाकी बच्चे दौड़कर टोकनी के पास पहुंच गए । सभी लोग उसको उठाकर देखना चाहते थे मगर अमर ने कहा कि टोकनी उठाने से गौरैया उड़ जाएगी । अमर ने सब को चेताया कि टोकनी को सावधानी से उठाना होगा और उसी समय अंदर चिड़िया को भी पकड़ना होगा । वह इस काम खुद करना चाहता था ।

उसने सभी को थोड़ा पीछे हटने को कहा । सभी बच्चे एक-एक कदम पीछे सरक गए और अमर ने चिड़िया को पकड़ने के लिए अपना हाथ टोकनी के अंदर डाल दिया।

चिड़िया उड़ न जाए इस डर से वह टोकनी को ज्यादा उठाना भी नहीं चाहता था । उसे यकीन था कि चिड़िया अंदर ही है लेकिन उसका हाथ ठीक से अंदर नहीं पहुंच पा रहा था उसने टोकरी को एक कोने से ऊपर उठाया और हाथ अंदर डालने चेष्टा की । सभी बच्चे उत्सुकता वश टोकनी के बाजू में बैठकर अचंभित से देख रहे थे । लेकिन अभी भी सफलता हाथ में नहीं आई थी ।

इसी बीच टुन्ना बोल पड़ा, “ भाई, थोला और ऊपल उठाना ले।” मुन्ना ने उसे डांट कर चुप करा दिया । बंटी भी बोल बड़ा, “ टोकनी थोड़ी और उठाकर चिड़िया को पकड़ लो।”

अमर कोई गलती नहीं करना चाहता था वह समय ले रहा था मगर उसका नन्हा हाथ अब दर्द करने लगा था । उसने एक बाजू से टोकनी को और ऊपर उठाया

और हाथ अंदर डाल ही रहा था कि भरSSSर से एक गौरैया उसके बगल से उड़ गई ..... टुन्ना के कान के पास से होकर ।

टुन्ना, इस अप्रत्याशित दृश्य के लिए तैयार नहीं था । वह एकाएक गिर पड़ा और चिल्ला उठा, " भाई पचड़ ना ले ?"

मुन्ना ने दौड़कर उसे उठाया वैसे ही गुस्से में चिल्ला उठा , "नहीं, चिलिया को पचड़ ।

मगर चिड़िया फुर्र हो चुकी थी ।

एक सफल योजना बड़ी निराशा में बदल गई थी । अमर गुस्सा हो रहा था कि सब लोग टोकनी ऊपर करने की जिद कर रहे थे ।

सभी बच्चे असफलता का ठीकरा एक-दूसरे के मढ रहे थे ।

चांडाल चौकड़ी अगले दिन फिर जुट गई.... बंटी के घर । दादाजी को कुछ कुछ आभास हो रहा था कि बच्चे गौरैया को पकड़ना चाह रहे हैं । उन्होंने समझाया कि ऐसा न करें ।

अगले दिन बच्चे फिर जुट गए । दादाजी घर पर नहीं थे इस बार योजना बनी की अमर के आंगन में गौरैया को पकड़ने के लिए जाल बिछाया जाएगा वहां दादाजी नहीं रहेंगे इसी से काम करने में कोई परेशानी नहीं होगी... यह सब को भरोसा था।

अमर और मुन्ना इस योजना को और पुख्ता करना चाहते थे । मुन्ना अपने दादी से सुन चुका था कि कीड़ों से बचाव के लिए अनाज और सब्जी के खेत में दवाई की बौछार की जाती है जिससे बहुत सी चिड़ियाए नीमबेहोश हो जाती है । यह बात उसने अमर को बताई । बंटी और टुन्ना बिना कुछ समझे ही हूं होकर उनका मनोबल बढ़ा रहे थे और सबने योजना में हामी भरी थी ।

मुन्ना अपने घर से चावल ले आया था । बंटी, टुन्ना और बाकी लोग भी खुश थे कि आज सफलता उनके हाथ आनेवाली है । पुनः आज जाल बिछाया गया । वही टोकनी, वही रस्सी, वही डंडा और मुन्ना के चावल ।

जाल बिछ चुका था । रस्सी की डोर आज भी अमर के हाथों में ही थी । टुन्ना चाह रहा था कि चावल उनके घर के हैं इसीलिए वह रस्सी पकड़ेगा । बंटी ने साफ कह दिया कि टुन्ना ऐसा करेगा तो वह अपनी रस्सी ले जाएगा । अमर भी रस्सी की डोर छोड़ने के लिए राजी नहीं था ।

मुन्ना बोला, " अमर सबसे बड़ा है इसीलिए वही रस्सी थामेगा ।"

सब लोग एक दीवार के पीछे छुप गए । मुन्ना दूसरे कोने में बैठा था जहां से वह चिड़िया को दाना चुगते हुए देखकर इशारा कर सके ।

बंटी,टुन्ना और बाकी साथी, अमर के पीछे छुपे हुए थे । थोड़ी ही देर में दाने की खोज में गौरैया की टोली पहुंच गई । सभी लोग उचित समय का इंतजार करने लगे ।

अमर रस्सी थाम कर तैयार था । बंटी और टुन्ना बहस में जुटे हुए थे कि जब वे कहेंगे तभी अमर रस्सी को खींचेगा । दोनों की आवाजें बढ़ने लगी थी तब अमर ने डांट कर दोनों को चुप करें ।

इसी बीच कुछ चिड़िया टोकनी के नीचे बिखरे हुए चावल पर चोंच चलाने लगी । मुन्ना ने इशारा किया । बंटी और टुन्ना एक साथ बोल पड़े कि, " रस्सी खींचो ।" और अमर ने उसी वक्त रस्सी को खींच लिया ।

गौरैया फंस चुकी थी ।

रस्सी खींचने की कवायद में टोकनी अपनी जगह से सरक गई । चिड़िया भी अंदर ही थी । सभी बच्चे दौड़ कर वहीं पहुंच गए, जहाँ आसपास चावल के दाने बिखरे पड़े थे ।

नन्हा 'टुन्ना' बहुत खुश था । मेंढक की तरह हाथ और पैरों की मदद से टोकनी के आसपास बिखरे हुए चावल के दानों पर ही उछल कूद कर रहा था। अमर और मुन्ना ने सबको को समझाया कि कुछ देर इंतजार करते हैं और बाद में टोकनी खोलकर गौरैया को पकड़ेंगे।

बंटी और टुन्ना का समय नहीं कट रहा था । वह दोनों हर पल टोकनी खोलकर देखने की बात पर जोर दे रहे थे । मुन्ना और अमर, गौरैया को भागने देने का कोई भी मौका नहीं देना चाहते थे।

इसी बीच बंटी को खोजते हुए दादाजी पहुंच गए वे समझ गए कि बच्चे गौरैया को पकड़ना चाहते हैं । दादी सब्जियां खरीद कर आ चुकी थी और उसने बंटी के लिए जलेबिया लाई थी । दादाजी के कहने पर सभी बच्चे जलेबी खाने पहुंच गए।

दादी ने जलेबिया सभी को बांट दी और बच्चे मजे से खा रहे थे । आश्वस्त थे कि जलेबियां खाने में जो समय लगेगा उसे उनकी योजना सफल हो जाएगी ।

करीब दस मिनट बाद बच्चे वही पहुंच गए पुनः , गौरैया के पास।

टुन्ना अचानक बोल पड़ा, “ भाई अच्छा नहीं लग लहा है ले।”

मगर किसी ने ध्यान नहीं दिया सभी की नजर चिड़िया वाली टोकनी की ओर ही थी । अमर और मुन्ना थोड़ा समय और चाहते थे ।

एकाएक टुन्ना एक जगह बैठ गया और रोते हुए बोल पड़ा, “ भाई अच्छा नहीं लग रहा है ले।” और उसने एक उल्टी कर दी।

जैसे ही उसने उल्टी की बच्चे चिल्ला पड़े, "दादाजी-दादी टुन्ना उल्टी कर रहा है।"

दादा जी और दादी दौड़कर आए , वैसे ही टुन्ना ने पुनः एक और उल्टी की और नीम बेहोशी की हालत में गिर पड़ा।

दादाजी और दादी उसे पास के डाक्टर के पास ले गए । उसने कहा पेट में कुछ जहरीली चीज गई है । दादाजी और दादी ने डाक्टर को जलेबी के बारे में बताया । मगर दादा-दादी और बाकी बच्चों ने भी जिलेबिया खाई थी और सभी स्वस्थ थे।

दादाजी को ध्यान आया कि बच्चों ने चिड़िया के लिए जाल बिछाया था । दादी को टुन्ना के पास बैठी थी । टुन्ना अभी भी बेहोश ही था । डाक्टर ने दवाई खिलाई । दादाजी बाकी बच्चों को लेकर टुन्ना के घर गए और उसकी माता को डाक्टर के पास पहुंचा दिए और उसके पिता को लेकर अमर के घर पहुंचे । अमर के पिता भी खेत से आ चुके थे ।

बिखरे चावल के पास पड़ी टोकनी को दादाजी ने उठाया । वहां दो गौरैया बेहोश पड़ी थी ।

बच्चे, गौरैया को देखकर खुश थे...... पर दादाजी का रुख देखकर भयभीत थे । दादाजी अब गुस्से में लाल हो गए थे ।

उन्होंने अमर से पानी मंगवाया और गौरैया की चोंच के ऊपर उड़ेल दिया और साथ ही दादाजी सबपर जोर से बरसे, “ कोई गौरैया को छुएगा नहीं।” फिर उन्होंने गरज कर पूछा “ चावल कौन लाया था ?”

बंटी ने दादाजी का यह अवतार कभी देखा ही नहीं था । कांपते हाथों से उसने मुन्ना की तरफ उंगली उठा दी ।

दादाजी, मुन्ना के पिता पर बरस पड़े, “ बच्चा चावल में कुछ जहरीली चीज डाल कर लाया है और आपको पता नहीं हैं । जहरीली चीजें बच्चों को कैसे मिल जाती है? कौन सी चीजें कहां रखना है यह आपको पता नहीं है ?”

मुन्ना के पिता क्षमा मांग रहे थे और दादाजी के पैर छूकर धन्यवाद भी दे रहे थे कि वे लोग समय पर टुन्ना को डाक्टर के पास पहुंचा आए।

बच्चे अभी भी समझ नहीं पा रहे थे कि टुन्ना को हुआ क्या है ?

बच्चों के हाव भाव से दादाजी जान चुके थे कि बच्चो को गलती कहां हुई इसका आभास नहीं है ।

वे बोले, "जहरीले चावल के संपर्क में आने से टुन्ना के हाथ भी जहरीले हो गए थे और जलेबी के द्वारा उसके पेट में जहर चला गया जिससे उसकी तबीयत खराब हुई।"

इधर,दोनों गोरैया धीरे-धीरे हलचल करने लगी थी । दादाजी के कहने पर बंटी ने उनकी चोंच पर,और पानी उड़ेला । थोड़े समय के पश्चात दोनों गौरैया उड़ गई और उसे देख कर बच्चों ने राहत की सांस ली।

शाम को टुन्ना भी घर पहुंच गया ।

बंटी, अमर और उनके साथी टुन्ना को देखने उसके घर पहुंचे थे... उसका हाल-चाल जानने।

बंटी और अमर को देखकर टुन्ना फिर चहक उठा और पूछने लगा, " भाई! चिलीया कहां है ?"

सब लोग एक साथ बोल पड़े, "फुररर हो गई" और....

सभी हंसने लगे।

---------------------*-------------------*-----------------

3- सोनपाखरु

बंटी की दुनिया, पुश्तैनी गांव खैरी से शुरू होकर खैरी पर ही समाप्त हुआ करती थी । पांच साल की उम्र में वह यह जान चुका था कि वह अपने दादा दादी की आंखों का तारा है । उसके सभी चाचा उसे अपनी पलकों पर बिठा कर रखते थे।

घर में एक पालतू कुत्ता भी था 'टॉमी' । बंटी हमेशा उसके इर्द-गिर्द ही रहता है । उसका खाना पीना भी बंटी की जिम्मेदारी थी।

एक दिन टॉमी बरामदे में सो रहा था ।

बंटी गेंद के साथ बरामदे में उछल कूद मचा रहा था । एक बार गेंद को हवा में लहराता और फिर दौड़ कर उसे लपकने की पुरजोर कोशिश कर रहा था ।

इसी दौरान गेंद को पकडने की कोशिश में उसने टॉमी की पूंछ को अपने पैरों से कुचल दिया ।

अब तक सो रहा टॉमी अचानक भौं-भौं करते हुए जाग गया और उसने लपककर बंटी के बाएं पैर को काट दिया ।

अब रोने की बारी बंटी की थी....... वह जोर-जोर से अपनी दादी को पुकार रहा था, "मां! कुत्ते ने काट दिया,खून निकल रहा है मां"।

उसके चाचा और दादी दौड़ पड़े ।

टॉमी भी महसूस कर रहा था कि उसने भी गलती की है।

बंटी को डॉक्टर के पास ले गए डॉक्टर ने मलमपट्टी की। और घर को भेज दिया।

पुष्पेय

बंटी को अब चलने में तकलीफ हो रही थी इसीलिए दादा-दादी उसे घर से बाहर नहीं जाने देते थे । सब लोग उसे गोदी में ही इधर-उधर घुमाते थे।

बंटी एक जगह बैठ बैठ कर उकता गया था।

वह घूमना चाहता था । उछल कूद करना चाहता था । वह लड्डू-कंचे जैसे खेल खेलना चाहता था । मगर सब लोग उसे रोकते थे ताकि पैर के जख्मों पर अतिरिक्त बोझ ना आए।

बंटी को घूमने फिरने में तकलीफ हो रही थी इसीलिए ना चाहते हुए भी वह एक ही जगह पर बैठा रहता था।

एक दिन, उसके 'किसना' चाचा खेत से आते ही जोर जोर से पुकारने लगे " बंटी भैया ! देखो, मैं क्या ले आया हूं ?"

बंटी धीरे-धीरे चाचा के पास पहुंचा । चाचा, उसे माचिस की डिब्बी देते हुए बोले, "देखो मैं क्या ले आया तुम्हारे लिए ? तुम्हारा नया दोस्त" ।

बंटी ने माचिस की डिब्बी खोली । उसके अंदर एक हरा-सुनहरा कीड़ा था जिसके पंख हरे और गेरुआ रंग के थे ।

बंटी आंखें फाड़ फाड़ कर देख रहा था । उसकी आंखों में चमक लौट आई थी... उसकी आंखे फटी की फटी रह गयी और चेहरे पर एक मधुर मुस्कान दौड़ पड़ी । वह एकदम खुश नजर आ रहा था, मानो उसे कोई गड़ा खजाना मिल गया हो ।

वह उसे बाहर निकलने ही वाला था कि चाचा बोल पड़े, " अरेssरे इसे बाहर मत निकालो, वरना उड़ जाएगा" ।

बंटी: "फिर मैं खेलूंगा कैसे ?"

चाचा ने उसके गले में पतला धागा बांध दिया । और उसका एक सिरा बंटी के हाथ में दे दिया।

बंटी: चाचू! इसे क्या कहते हैं ?

चाचा: "सोन पाखरू"।

बंटी: चाचू! इसे सोन पाखरु क्यों कहते हैं ?

चाचा: क्योंकि यह सोने के जैसा है..... 'सुनहरा'..... इसलिए 'सोनपाखरु'।

बंटी: फिर 'पाखरु' क्या होता है ?

चाचा: पाखरु याने पक्षी जैसा.... जिसे पंख हो.... जो उड़ सकता है।

बंटी ने माचिस की डिब्बी में सीताफल के पेड़ की कोमल पत्तियां बिछा दी.... 'सोनपाखरु' के लिए एक प्यारा सा कोमल कोमल बिस्तर बना दिया।

जब मन करता है तब वह उसे डिब्बी से बाहर निकलता । थोड़ी देर उड़ाता एक सिरा पकड़ कर और जब मन करता तब उसे रख देता... उसी डिब्बी के अंदर ।

पुष्पेय

रात में डिब्बी को सिरहाने पर रखकर ही बंटी सो गया । वह हमेशा अपनी दादी के साथ ही सोता था । दादी ने डिब्बी को वहां से उठाकर मेज पर रख दिया और वह भी सो गई ।

अगले दिन सुबह सुबह बंटी उठते ही 'सोनपाखरु' से खेल रहा था । टॉमी उसके आसपास ही मंडरा रहा था । जैसे-जैसे 'सोनपाखरु' ऊपर उड़ता उसकी डोर भी ऊपर उठ जाती और टॉमी उछलकर डोर को छूने की चेष्टा कर रहा था ।

जब सोनपाखरु नीचे आता, तब टॉमी उस पर पुनः पकड़ने की कोशिश कर रहा था । वह भी खेल रहा था । उसे एक नया खिलौना दिख रहा था ।

वैसे भी सोनपाखरु की डोर बंटी के नियंत्रण में ही थी ।

बंटी खिलखिला रहा था कि दादाजी पहुंच गए, बंटी को देख कर भी खुश हुए ....मगर उनका बंटी का सोनपाखरु के साथ खेलना पसंद नहीं आ रहा था ।

दादा जी: "बेटा! 'सोनपाखरु' को छोड़ देना रे"।

बंटी आश्चर्य से: क्यों?

दादाजी: सोन पाखरु,अकेलापन महसूस कर रहा होगा ।

बंटी: "(आश्चर्य से) अकेलापन?..... कैसे ?"

फिर खिलखिलाते हुए " मैं भी हूं......... टॉमी भी है । है ना टॉमी?

टॉमी को देखते बंटी बोला था, टॉमी ने मुंडी हिला दी ।

दादाजी: "बेटा! फिर इस डिब्बी में कैसे खुश रह पाएगा ?"

बंटी: "दादाजी! वह तो मस्ती में उड़ रहा है और रोने की आवाज भी नहीं आ रही है" ।

दोनों की बातचीत चल ही रही थी कि टॉमी ने झपटते हुए डोर को छू लिया ।

बचपन के रंग

धागे की डोर टूट गई और सोनपाखरु भरऽऽर्र से उड़ गया.... मुक्त हो गया।

वैसे ही बंटी का दिल जोर से धड़का । बंटी दहाड़ते हुए रोने लगा।

रोते-रोते दादाजी को कोस रहा था।

इसी बीच दादी भी वहां पहुंच गई । बंटी के रोने की वजह से वह दादाजी को दोषारोपण कर रही थी ।

बंटी, दादी से लिपट-लिपट कर रोने लगा कि, उसे उसका सोनपाखरु चाहिए।अपने आंसू दादी के 'लुगड़े' के पल्लू से पोंछने लगा।

दादी समझा रही थी, उसके बालों पर से हाथ फेर रही थी. ..और आंसू पोंछ रही थी ...मगर... कोई असर नहीं हो रहा था।

दोपहर तक बंटी रो ही रहा था । आज उसने खाना भी नहीं खाया था । टॉमी भी दीन नज़रों से बंटी को देख रहा था और बंटी गुस्से से... टॉमी को।

शाम को चाचा, खेत से आ गए । बंटी उन्हें लिपटकर रोने लगा, चाचा ने वचन दिया कि वह उसके लिए नया सोनपाखरु लाएंगे ।

बंटी रात में दादी के साथ सो रहा था । दादी कह रही थी कि परसों बंटी के पापा उसे शहर ले जाएंगे अपने पास.... शायद हमेशा के लिए ..... इस गांव से।

बंटी(रोते-रोते) : मुझे शहर नहीं जाना है मां । मैं यहीं रहूंगा। (कहते हुए मां से लिपट गया)

दादी(चुपके से आंख पूछते हुए): "वहां अच्छा स्कूल है बेटा"।

बंटी: फिर भी मैं यही पढ़ लूंगा।

ऐसा कह कर बंटी फिर जोर जोर से रोने लगा।

"मेरा सोनपाखरु भी उड़ गया मां", कहते-कहते उसकी सिसकियाँ बढ़ गयी थी ।

बंटी रोते-रोते और मां समझते-समझाते सो गए।

सुबह उठते ही दादी ने , दादाजी को सारी बातें बता दी । चाचाजी सुन ही रहे थे । बंटी के जाने की खबर से उन्हें भी अच्छा नहीं लग रहा था।

दोपहर में खेत से आते-आते उन्होंने एक डिब्बी लाई, वैसी ही डिब्बी ...माचिस की डिब्बी । बंटी ने डिब्बी खोल कर देखा उसमें सोनपाखरु के दो बच्चे थे । वह पुनः चहक उठा।

चाचू बोले: "पढ़ने शहर जाओगे, तो यह दोनों तुम्हारे हो जाएंगे.. हमेशा के लिए" ।

बंटी पुनः सोच में पड़ गया । आंखों से मोती टपकने लगे मगर सोनपाखरु के लालच में, बंटी ने हामी भर दी।

दो दिन बाद, बंटी अपने पापा के साथ शहर गया । मगर उसके जाने के एक दिन पहले की रात बंटी और दादी ने रोते हुए, बातें करते हुए और एक दूसरे को समझाते हुए काटी थी।

बंटी पहले वर्षगांठ के बाद से ही अपनी दादी के पास रहता था । बंटी और दादी, पांच सालों में पहली बार एक दूसरे से जुदा हुए थे । शुरू के चार साल तक वह अपनी दादी को ही माँ समझता था।

शहर में बंटी का मन नहीं लगा था । उसकी 'आई' और उसके भाई-बहन भी पराए ही लगते थे क्योंकि उसका मन अभी भी अपने पुश्तैनी गांव में ही लगा हुआ था..... दादा-दादी-चाचा-खेत-गाय-बकरी और न जाने क्या-क्या जुड़ा हुआ था ।

शहर में बंटी का एक ही दोस्त था उसके सोनपाखरू।

बंटी का नया स्कूल शुरु हो गया । बंटी अपने घर में गुमसुम ही रहता था । 'आई' उसे समझाते रहती कि जैसे ही छुट्टियां लग जाएगी... उसे तुरंत खैरी, पुश्तैनी गांव भेज देंगे । बंटी, पहले दिन से ही इंतजार कर रहा था कि कब छुट्टियां लगेगी ?

शहर आकर एक हफ्ता ही बीता था कि बंटी के लिए एक खुशखबरी आ गई । बारिश के चलते स्कूल का एक हिस्सा ढह गया था और मरम्मत के लिए एक हफ्ते

की छुट्टियां घोषित हो चुकी थी । बंटी चहकते हुए स्कूल से आया था । आई, पहली बार उसे इतना खुश देखकर हर्षित हो गई थी।

माजरा पता चलते ही 'आई' ने उसे वादा किया कि कल पापा उसे गांव छोड़ देंगे।

अगले दिन पापा उसे गांव छोड़ आए ।

मगर गांव पहुंचते ही उसे एक जोर का झटका लगा था..... उसकी दादी गांव में नहीं थी । दादी उसके बुआ के शहर गई हुई थी । दादी को कोई खबर नहीं थी कि बंटी गांव आने वाला है वरना वह कभी कहीं नहीं जाती।

बंटी, फिर उदास हो गया। उसकी आंखें आंसुओं से भरी हुई थी । दादाजी उसे सांत्वना दे रहे थे... मगर उसे कोई असर नहीं हो रहा था । वह बस सोनपाखरू से ही खेल रहा था ...... गीली आँखों से । बमुश्किल, बंटी ने रोते रोते रात का खाना दादाजी के साथ ही खाया और दादाजी के साथ ही सोने चला गया ।

वह सो रहा था.. मगर नींद नहीं आ रही थी । इसीलिए बस रो रहा था।

उसकी दशा देखते हुए दादाजी ने कहा, " कल सुबह बुआ के घर चलेंगे ...... लालबर्रा" । बंटी खुश हो गया और दादा जी से कहानी सुनकर सो गया।

सुबह बंटी सबसे पहले तैयार हुआ और दादाजी के साथ दोनों बस के लिए चल पड़े जो ...घर से करीब 5 किलोमीटर दूर ।

'बस' आ गई ... दोनों 'बस' में बैठे । बंटी अपनी धुन में कुछ गुनगुना रहा था और गुनगुनाते हुए उसने उन सोनपाखरू को बाहर निकाला और खेलने लगा ।

दादाजी को सोनपाखरू को बंद डिब्बों में रखना... खेलना पसंद नहीं था । उन्हें बहुत बुरा लग रहा था ।

दोपहर होते-होते वे लोग बुआ के घर पहुंचे..... दादी को देख कर रोने लगा... बंटी, दादी को लिपट लिपट कर रो रहा था....और दादी भी रो रही थी।

दोनों ओर से अश्रु धाराएं बह रही थी... मगर यह खुशी के आंसू थे । दादाजी भी दोनों के करीब थे । दादाजी ने बंटी के आंसू पोंछे।

दादाजी : "तुम्हारी दादी गांव में नहीं थी... तब तुम बहुत दुखी थे... तुम्हें भूख भी नहीं लग रही थी और रात में नींद भी नहीं आ रही थी"।

"जिस खैरी में रहने के सपने तुम दिन-रात देखा करते हो, वो खैरी भी तुम्हें काटने दौड़ रही थी । पता है क्यों" ?

बंटी:(चहकते-चहकते,सोनपाखरू से खेलते हुए) हाँ पता है .... क्योंकि मेरी दादी खैरी में नहीं थी । फिर वह खिलखिला कर हंसने लगा।

दादा: " सही कह रहे हो... लेकिन दादी के साथ रहते तुम ऐसा क्या मिल जाता है"?

बंटी: " खुशी और मस्ती करने की आजादी... कोई रोक नहीं - कोई टोक नहीं । ऐसा कहते हुए उसने दादी के गालों को चूम लिया।

दादा: " फिर इन दोनों 'सोनपाखरू' की आजादी का क्या ? इनकी खुशी का क्या ? यह दोनों निरीह है " ।

और दादाजी बंटी के सिर पर हाथ फेरते हुए कहने लगे, " तुम अपनी दादी के बगैर एक पल नहीं रह पा रहे हो ? फिर यह कैसे खुश रहते होंगे ? डिब्बी के अंदर बंद होकर या फिर धागे से बंध कर " ?

बंटी पुनः एकबार रोने लगा, उसकी आंखों से बूंदे झलक गई । उसने आंखें पोंछी और डिब्बी को पुनः अपने हाथ में लिया और खोल दिया ।

एकाएक........ दोनों सोनपाखरु अपनी आजादी का जश्न मनाने लगे..........एक उड़ान के साथ.... । एक लंबी उड़ान... एक आजादी की उड़ान।

बंटी हाथ हिला कर उन्हें विदा कर रहा था और वे दोनों पंख फड़फड़ा कर बंटी को अलविदा कह रहे थे।

4. चंद सवाल

एक राजा था । उसके चार दोस्त थे । एक व्यापारी, एक सैनिक, एक ज्ञानी (विद्वान) और एक किसान था । एक सुबह वे सभी शिकार के लिये एक घने जंगल में गये । घुमते घुमते वे काफी अंदर पहुंच गये । अचानक, उन्हें एक सुवर्णमृग दिखा । वह काफी खुबसूरत और आकर्षक था । देखते ही उन्हें लगा कि यह मृग उनके राज्य की शोभा बढा सकता हैं । राजा की आज्ञा पाकर वे सभी उसे पकडने के लिये चल पड़े । मृग भी बहुत तेज था । वह भी जोरों से भागने लगा । जंगल, झाडी, नदी और पर्वत होते हुए वह भागते भागते एक गुफा के पास पहुंच गया । उसके पीछे भागते भागते बाकी लोग भी वहीं पहुंच गये ।

एकाएक जोरों की आवाजें हुई और वह हिरण एक विशालकाय राक्षस में परीवर्तीत हो गया । उसें देखकर राजा के सभी साथी डर गयें । राक्षस के डर से वे इधर उधर भागने लगे । मगर राक्षस ने उन्हें बन्दी बना लिया । इसी दौड-भाग में उनके जुते-चप्पल बिखर गये ।

इधर राजा भी अपने दोस्तों का इंतजार करने लगा । सुबह से शाम हो गई, शाम से रात हो गयी, और फिर अगली सुबह ।

पुष्पेय

राजा अपने दोस्तों के इंतजार में थक चुका था । उसे अपने दोस्तों की चिंता होने लगी ।

उसने निर्णय लिया ... अपने दोस्तों को ढूँढने का । बिना कोई समय गंवाए वह चल पडा... ढूँढने अपने दोस्तों को । ढूँढते ढूँढते वह भी उसीं रास्ते पर चल पडा हिरण के पैरों के निशानों के पीछे पीछे और जंगल, झाडी, नदी और पर्वत होते हुए वह भी उसी गुफा के पास पहुंच गया । उसे दोस्तों के जुते-चप्पल बिखरे हुए दिखें ।

बिखरे जुते-चप्पल देखते ही थोडा सहम गया । और तैय्यार भी हो गया अगली चुनौती के लिये ...... अपने म्यान से तलवार खींचकर । उसीपल उसके कानों में ठहाकों की आवाज गुंज पडी । और एक विशालकाय राक्षस उसके सामने प्रकट हो गया । और बोला, "राजन, तुम्हारे सारे दोस्त मेरे कब्जे में हैं" । सुनकर राजा को गुस्सा आया । तलवार खींचकर राजा बोला, "जिंदा रहना चाहते हो, तो छोड़ दो मेरे दोस्तों .... को वर्ना युध्दके लिये तैय्यार हो जाओ" ।

राक्षस बोला, "राजन, क्या हर समस्या युध्द से सुलझ सकती हैं ? बुध्दी से भी हम सुलझा सकते हैं । मैं आपके दोस्तों को छोड़ भी सकता हूं, मगर... आपको मेरे चंद सवालों के जवाब देने होंगे ।"

राजा को उसकी बात ठीक लगी । राजा ने उससे सवाल पूंछने को कहा । राक्षस ने पहला सवाल पूंछा,"इस दुनिया में सबसे से भी भारी चीज क्या हैं ?"

राजा सोचने लगा......उसे अपने दादा की कहानी याद आई ।

उसके दादा भी एक राजा थे । मगर उनके दुष्ट सेनापति ने उन्हे राजगद्दी से हटा दिया था । उन्हें गरीबी का बोझ झेलना पडा, जो उन्होने सह लिया । बहुत ज्यादा मेहनत करनी पडी, उसका भी बोझ सह लिया । दु:खों का बोझ भी सहना पडा, वह भी सह लिया । अपनी मेहनत के बुते उन्होने राजपाट वापिस पा लिया ।

मगर एक दिन आखेट करते करते उनके तीर से पानी पीते हुए शेर की बजाय, एक इंसान की मौत हो गई, जो उन्हें अंदर तक हिला गयी । उनका अंतरमन उसके पाप का बोझ सह नहीं पा रहा था ।

आखिर उन्होंने संसार से ही सन्यास ले लिया। सब कुछ त्याग दिया।

अत: राजा ने गम्भीर वाणी से कहा, 'हे! राक्षसराज **पाप का बोझ दुनिया से भी भारी हैं'** ।

राजा के जवाब से राक्षस संतुष्ट हुआ।

राक्षस ने दुसरा सवाल पूंछा,**'जल से पतला क्या हैं** ?'

राजा पुन: गहरे सोच में पड गया । उसे ध्यान आया कि जल कितना भी पतला क्यों न हो हर जगह नहीं पहुंच सकता मगर ज्ञान के भरोसें कहीं पहुंचा जा सकता हैं । राजा ने शांत मुद्रा में जवाब दिया कि **जल से पतला ज्ञान हैं**।

उसके जवाब से राक्षस खुश हो गया।

राक्षस ने तीसरा सवाल पूंछा, **'अग्नि से भी तेज क्या हैं ?'**

राजा पुन: गहरे सोच में पड़ गया।

राजा को अपने प्रिय मित्र की कहानी याद आ गई । उनका मित्र अपनी बारह वर्ष की मेहनत और कठीन साधना के कारण परम शक्तिशाली तथा बुध्दीमान बन चूका था । एक बार वह अपनी ही अकड़ में जंगल से घर जा रहा था । उसके पीछे से एक मुनि आ रहे थे । मुनि के बुलाने पर भी वह रूक नहीं रहा था । मुनि ने उसके पास जाकर कहा, "राजन ! इतना क्यों अकड़ रहे हो ? दुनिया में तुमसे शक्तिशाली तथा बुध्दिमान और भी बहुत लोग हैं" ।

उसकी बातें सुनकर उस राजा को बहुत क्रोध आया । उसने क्रोध के चलते मुनि को धकेल दिया। मुनि का सर फुट गया था । मुनि ने उसे शाप दिया कि , '

राजा ! जिस क्रोध के कारण तुने मुझे गिरा दिया, अब वहीं क्रोध तुझे, तेरी बुध्दि और शक्ति का प्रयोग कभी भी करने नहीं देगा' ।

अगले ही पल में ही वह राजा निशक्त और लाचार हो गया।

अत: राजा ने धीर वाणी में जवाब दिया कि, **'क्रोध अग्नि से भी तेज हैं ,** जो वर्षों की मेहनत और ज्ञान को एक पल में जला सकता हैं' । राक्षस उसके जवाब से प्रसन्न हो गया था।

फिर राक्षस ने अंतिम सवाल पूछ, **"दुनिया में सबसे ताकदवर चीज क्या हैं?"**

राजा पुन: सोच में पड गया । उसे लगा सबसे ताकदवर चीज तो किसी भी व्यक्ति या जीव का प्राण होना चाहिये । लेकिन राजा स्वयं अपने प्राणों का भय छोडकर राक्षस से लड़ने को तैयार हो गया था... मगर क्यों ?

क्योंकि उसे अपने दोस्तों से.... अपनी प्रजा से प्यार हैं।

अत: राजा पुन: शांत स्वर में जवाब दिया कि **" दुनिया में सबसे ताकदवर चीज प्यार हैं ।"**

राक्षस उसकी बातों से गदगद हो गया । और बोला कि, 'राजा मैं तेरे जवाबों से खुश हुआ हूं और उसीकारण तेरे किसी भी एक दोस्त छोड सकता हूं......बोलो किसे छोडना हैं ?'

राजा पुन: धर्मसंकट में पड़ गया । कुछ देर सोचने के पश्चात राजा ने कहा कि, 'हे राक्षस राज ! मेरे किसान दोस्त को छोड़ दो।'

राक्षस ने कारण जानना चाहा।

तब राजा गम्भीर मुद्रा में बोला, "हे राक्षस ! पहले मैं सैनिक को मागंना चाहता था, क्योंकि वह मेरी रक्षा करता हैं, मगर भूख लगने के बाद शायद मेरी तो क्या, स्वयं की भी रक्षा नहीं कर पायेगा ।

उसीतरह ज्ञानी मुझे हमेशा अच्छी बातें सिखाता हैं, मुझे मार्ग से भटकने नहीं देता मगर भूख लगने पर वह भी लाचार हो जायेगा।"

अंत में राक्षस ने पूछा, 'आप तो व्यापारी को भी मांग सकते थे ?'

तब राजा बोला, "व्यापारी तो हमें पैसा ला देता उसीके भरोसें हमारी अर्थव्यवस्था हैं, मगर वह भी भूखे पेट कुछ काम करने लायक नहीं रहेगा।

मगर किसान सबकी भूख मिटा सकता हैं । मुझे मेंरे सभी मित्र एक समान प्यारे हैं । लेकिन,सिर्फ एक किसान के भरोसें मैं कई सैनिक,कई व्यापारी और कई विद्वान या ज्ञानी तैय्यार कर सकता हूं।"

राजा की बातें सुनकर राक्षस अति प्रसन्न हुआ और हंसते हुए बोला कि, 'राजन ! मैं एक समस्या हूं, हर जगह अपने लिये घर तलाशता हूं लेकिन तुम बुध्दीमान हो और हर समस्या की जड़ तक पहुंचते हो । इसीलिये तुम्हारें राज्य में मेंरे लिये कोई स्थान नहीं हैं । मैं हमेशा के लिये जा रहा हूं ।'

और फिर सभी मित्र आजाद हो गये और सकुशल अपने राज्य वापिस आ गये ।

(भारत के महान संतों को समर्पित और अनूप जलोटा जी के भजन से प्रभावित)

--------------------*------------------*-----------------

पुष्पेय

5- घोंसला

फरवरी आते-आते गर्मी हलकी सी दस्तक देने लगी थी ।

सुबह की धूप अभी भी खुशनुमा ही थी..... मगर दुपहर कभी कभी पसीने द्वारा अपना ध्यान आकर्षित करने में सफल हो रही थी । एकलव्य अपनी वार्षिक परीक्षा में जुटा हुआ था । कक्षा तीसरी में किसी भी विद्यार्थी को ज्यादा नहीं पढ़ना चाहिए, यह उसकी सोच थी जो कक्षा पहली से यथावत बनी हुई थी । साथ ही पढ़ाई की सभी समस्या का हल उसका बड़ा भाई "प्रदुम्न" दे सकता है क्योंकि उसके हिसाब से उसका भाई 'विश्वकोश' हैं, यह उसका मानना था।

एकलव्य का, भाई के ऊपर का विश्वास , उसके बड़े भाई के खुदपर विश्वास से कई गुना अधिक था । मगर "प्रदुम्न" की दोस्ती इंसानो से अधिक, किताबों से या फिर पशु-पक्षियों से थी।

एकलव्य की परीक्षा समाप्त हो चुकी थी । प्रदुम्न अभी भी परीक्षा में ही व्यस्त था । एकलव्य हर १५ मिनट के अंतराल में 'भाई' को खेलने क लिए आमंत्रित कर रहा था । माँ, बड़े भाई की व्यस्तता और छोटे की अस्त-व्यस्तता से भली-भांति परिचित थी और इसीलिए उसने एकलव्य को घर के फल-फूलों के पेड़ो की रखरखाव और पानी सींचने की जिम्मेदारी दी थी ।

वह अक्सर गुलाब-रजनीगंधा-पारिजात के पेड़ो को नहलाने के पश्चात पपीता और मुनगा को भी नहलाता था ।

आज सुबह-सुबह जब वह पपीता के पेड़ पर पानी सींच रहा था कि अचानक उसकी नज़र एक काली चिड़िया पर गयी, जो गौरय्या जैसी थी मगर आकार में थोड़ी छोटी थी । जो फवारे में पंख मटका मटकाकर नहा रही थी....या नाच रही थी ...चिड़िया " कलचरी" थी ।

उसे देखकर एकलव्य एकाएक चीख पड़ा, "भाई चिड़िया ...जा आ जल्दी ! नाच रही हैं" ।

प्रदुम्न, चिड़िया की बात सुनकर उछल पड़ा, उसके कान खड़े हुए और वह चश्मा संवारते हुए अपनी बालकनी से छलांग लगाकर पहुँच गया....... नर्तकी चिड़िया को देखने ।

चिड़िया वाकई पानी बौछारों पर पंख फैला फैला कर इतरा रही थी । दोनों भाई उसके नृत्य का आनंद ले रहे थे मगर एकलव्य की आवाज ने उसे थोड़ा सतर्क कर दिया था । वह इधर उधर-सिर घुमाने लगी ... दिशा की आवाज शायद.. का जायजा ले रही थी ।

उसने पानी उड़ेलते हुए एकलव्य को देख लिया था । उसका नृत्य रुक गया वह झर्ररSSSS से उड़कर 'मुनगे' की हरी-भरी टहनी पर जा बैठी ।

चिड़िया, 'मुनगा' के सफ़ेद फूलों के बीच से स्थिति पर नज़रे गड़ा रही थी । वह पूछ और गर्दन को निरंतर हिलाते हुए...... कुछ सोच रही थी..... फिर या. थी रही बना योजना कोई ।

दोनों भाई उसे ढूढ़ने लगे ..।

प्रदुम्न, इशारे से एकलव्य को कुछ दिखाने लगा । चिड़िया फिर झर्र्रSS से उड़ी और मीठे नीम की गर्द झाड़ियों में गुम हो गयी ।

दोनों भाई नल को खुला ही छोड़ कर उसे ढूंढने में जुट गए । दोनों इधर उधर-हुए घुमाते नज़रे, एक-दूसरे को इशारे से चुप करा रहे थे.... और नहीं सुनने पर एकदूसरे को जोर से डांट भी देते।

इसी बीच 'माँ' पूजा के फूल तोड़ने के लिए बाहर आई । माँ ने दोनों को पेड़ के आसपास मंडराते हुए देखा और नल से बहते हुए पानी देखकर माँ बरस पड़ी । इसी कोलाहल के बीच चिड़िया नीम के पत्तों की भीड़ से भुर्रSSS से भागते हुए दोनों भाइयों के कान के बगल से उड़ गई । दोनों आश्चर्य से अपने कानों को छु

रहे थे..... पंखों की हवा ने कुछ अहसास कराया था....... शायद... या .. शायद चिड़िया ने कान में कुछ कहा था ।

दोनों की नज़रे उसका पीछा कर रही थी...चारो ओर... पेड़ों की झुरमुट में ... पत्तों की गर्द में...... फूलों के रंगो में । मगर वह दिखी नहीं ... कहीं भी नहीं।

दोनों एकाएक बहुत निराश हो गए । निराश भाव से अपने कमरों की और लौटने लगे । एकलव्य छोटे छोटे कदमो को धीरे-धीरे बढ़ा रहा ।

उसे, माँ का 'पानी का मोल' समझाता हुआ चेहरा स्पष्ट नज़र आ रहा था । साथ ही चिड़िया के खोने का दर्द भी चेहरे पर झलक रहा था ।

प्रदुम्न ने जालीदार दरवाजा खोला और कदम घर में बढाने ही वाला था कि अचानक चीं की चीं -आवाजें सुनायी पड़ी ।

"भाई ...चिड़िया !" एकलव्य चिल्ला उठा ।

पुनः दोनों आवाज की दिशा में भागने लगे । आवाजें तो उनके ही बैडरूम वाली गैलरी से आ रही थी ।

दोनों लपके ....ढूंढने लगे । आवाजें उनके एयर कंडीशनर के बाहरी इकाई के पास से आ रही थी ।

प्रदुम्न चीख पड़ा, "यहाँ घोंसला भी है।"

घोंसला सूखी घास की तिनकों से सजा हुआ..... रुई की फाहे से भरा हुआ... रंग बिरंगी धागों से सजा हुआ था।

एकलव्य बोला,"भाई ! घोंसला देख । प्रदुम्न ने सिर हिलाया।

दोनों घोंसले की सजावट से हतप्रभ थे।

प्रदुम्न ने कहा, "घोंसले में अंडे भी होंगे और बच्चे भी आएंगे.. चीं-चीं करेंगे"।

प्रदुम्न ,**कवि महादेवी वर्मा** बन कर चिड़िया को कभी **'गिल्लू"** समझता तो कभी **'भीष्म साहनी'** बनकर **'दो गौरय्या'** की नजर से देखता।

कुछ दिन बाद बच्चे भी आए ।

प्रदुम्न,सुबह शाम इन मेहमानों से दोस्ती की पींगे बढ़ाते हुए पर उनसे बातें करता ।कोई न 'गिल्लू" बन पाया... ना कोई दोस्त बन पाया।

मगर... एकलव्य अभी चिड़िया के घोसले के बारे में सोचता था।

बालकनी में आसपास की सूखी घास को जमा कर रहा था ।रंग बिरंगी धागों को उसके पास रखता..... पूजा के रूई के फाहे भी वहीं फेंक कर आता .... बालकनी में ।

शायद... उसे उम्मीद थी कोई तो चिड़िया उसकी मदद आवश्यक लेगी घोंसला बनाने में, और उससे दोस्ती भी करेगी ।

आजकल, एकलव्य सिर्फ 'चिड़िया' के चित्र बनाता और हरदिन भाई से 'गिल्लू' की कहानी सुनता।

भाई, उसे गिल्लू की कहानी सुना सुना कर थक गया था... मगर वह सुनकर नहीं थका था ।अपितु, उसका उत्साह दिन दूना और रात चौगुना बढ़ रहा था।

इसी बीच मार्च 2020 का आगमन हुआ था।

एयर कंडीशनर के बगल वाली चिड़िया उड़ चुकी थी ।

पुष्पेय

पूरी दुनिया करोना के प्रकोप में झुलसने लगी थी । आवागमन बंद हो गया, सारी दुनिया ठहर सी गई । सभी हाथों में दस्ताने और मुंह पर मुखोटे या नकाब दिखाई देने लगे।

लॉकडाउन के प्रथम और द्वितीय चरण होने तक सभी को घर से बाहर निकलने की पाबंदी थी । मगर तीसरे चरण तक लोगों को कुछ पाबंदियों से छूट मिलने लगी । मोहल्ले में, बच्चे घरों के सामने की सड़क पर साइकिल चलाने लगे।

पापा अपनी कार से अकेले ही दफ्तर जाने लगे थे । वे स्वयं आवश्यक चीजें खरीद कर लाते । एकलव्य और उसके भाई को अपनी साइकिल चलाने की आज़ादी मिल गयी थी । अपनी साइकिल उसी खुले गैरेज में रखते जहाँ पापा की कार और मां की स्कूटी भी थी।

आजकल एकलव्य और उसका भाई अपनी साइकिल की सफाई पर ज्यादा और चलाने में कम ध्यान देने लगे थे ।

अक्सर , वे दोनों साइकल और स्कूटी के आस-पास ही मंडराते रहते और घुमा करते थे ।

पिछले दो तीन दिनों से एकाएक.... एकलव्य का स्कूटी के आसपास मंडराना बढ़ गया था । वह अब सूखी घास बालकनी की बजाए गैरेज में जमा करने लगा था । रंग बिरंगी धागों को रूई के फाहे भी वहीं फेंकने लगा था।

लॉकडाउन का चौथा चरण आते ही, मां अपनी स्कूटी के बारे में सोचने लगी थी .... वह स्कूटी से कुछ छोटे-बड़े काम करने की योजना बना रही थी ..... शायद वह घर में उकता भी गई थी ।

मां, की योजना देखकर एकलव्य थोड़ा सा तिलमिला गया । वह अपनी मां को कार सीखने की नसीहत देता था । दलील थी कि उसके सारे दोस्तों की मां कार चलाती है मगर वह क्यों नहीं चलाती ?

मां ने ज्यादा तवज्जो नहीं दी ...तो 'करोना' में कार ज्यादा सुरक्षित है यह दलील देने लगा ।

दलील मां को पसंद आई ।

यह दलील प्रभावी थी मगर मां,पापा की मदद से कार सीखने में इच्छुक नहीं थी।

एकलव्य,फिर चिंता से घिर गया । वह कहने लगा उसके दोस्तों की मां कार चलाती है और उसकी मां कार नहीं चला पाती ....यह बात उसके सम्मान को ठेस पहुंचाती है । उसकी इतनी बड़ी बातें सुनकर मम्मी-पापा दोनों सोचते कि इसे क्या हो गया है ?

उसका बड़ा भाई भी उसी का पक्ष लेता और मां को प्रोत्साहित करता.... मगर दोनों की दाल नहीं गल रही थी।

करीब तीन महीने से पड़ी स्कूटी धूल खा रही थी । अगले दिन मम्मी-पापा स्कूटर की सफाई और पेट्रोल भरने की योजना बना रहे थे । हर रात की तरह सोतेसुनने कहानियां सोते--सुनाने का दौर चल पड़ा।

इसी बीच प्रदुम्न थोड़ा सा समझाइश देते हुए मां से बोल पड़ा, "मां, एकलव्य बोल रहा है तो कार चलाती क्यों नहीं ? स्कूटी क्यों चलाना चाहती हो ?"

मगर मां कोई तवज्जो नहीं दी।

अगला दिन आ गया.......रविवार ।

आज भी, सूरज अपनी गति से निकला.. समय की गति भी वही थी... पंछियों की चहचहाना भी वैसा ही था मगर गति बढ़ी हुई थी दो इंसानों की.... एकलव्य और प्रदुम्न की ।

दोनों, बारी बारी गैरेज जाते, पुनः वापस आते और आपस में फुसफुसाते रहते।

पुष्पेय

सुबह १० बजे के करीब मम्मी पापा तैयार हो गए ....स्कूटी की सफाई के लिए ताकि उसे बाहर ले जा सके ....पेट्रोल भर सके और स्कूटी को मम्मी के हिसाब से तैयार रख सके... जिससे छोटी बड़ी जरूरतों पर मम्मी 'आत्मनिर्भर' हो सके।

पापा, गाड़ी पोछनेवाला कपड़ा लेकर बाहर आ रहे थे, पीछे मम्मी थी और उनके पीछे दोनों भाई ...धीरे धीरे बड़बड़ाते हुए.....परेशान से ।

प्रदुम्न का चेहरा हल्का सा लाल था और एकाएक वह गुस्से में उबल पड़ा, " मम्मी, स्कूटी के पीछे क्यों पड़े हो ?"

अगले ही पल, एकलव्य एकदम रुआंसा हो गया, "मेरे सभी दोस्तों की मां कार चलाती है और मेरे मम्मी को देखो ?"

उसकी आंखों से धाराएं बह रही थी ।रोते रोते-सिर पकड़कर फिर बोल पड़ा, " कैसी मां मिली है भगवान ?"

एकाएक सभी सुन्न हो गए ....आश्चर्य से एक दूसरे को देखने लगे । दोनों भाइयों की गंगा जमुना बह रही थी ।प्रदुम्न पापा से, एकलव्य मम्मी से चिपक गए .....और दोनों बस रो ही रहे थे।

दोनों मम्मी-पापा को स्कूटी की डिक्की की ओर ले गए । वहां बहुत सारा कचरा बिखरा हुआ था, सूखी घास , रंग बिरंगी धागे, कपास के फाहे.....।

बचपन के रंग

सामनेवाली डिक्की के अंदर एक घोंसला बना था। एक छोटी-सी काली चिड़िया अंडे 'से' रही थी ..शायद ।

एकाएक... इंसानों की हलचल और आवाजों से घबराकर भर्र से उड़ गई.... दोनों भाइयों के बीच से.....और बाकी रह गया सुंदर सा घोंसला एक बच्चा और दो अंडे।

वहीं पापा हंस पड़े और ...झट से अपने बच्चों को आगोश में ले लिया ।

मम्मी बोली, " मैं कार सींखू न सींखू लेकिन जब तक चिड़िया के बच्चे बड़े होकर उड़ नहीं जाएंगे, स्कूटी को कोई नहीं छुएगा।"

दोनों भाई फिर रो पड़े ... अब की बार ख़ुशी से।
एकलव्य बोल पड़ा, "सबसे अच्छी मेरी मां ।"
बच्चे बड़े हो रहे थे।
पीली पीली चोंचे सभी को देख कर मुंह फाड़ देती थी शायद खाने की आस ....
या फिर मां के आने का एहसास फिर या ...
कहने एकलव्य -प्रदुम्न का शुक्रिया ।

6. पासवर्ड

जंगलपुर में एक लोमड़ी अपने दो छोटे बच्चों के रहती थी । छोटा-सा घर था, मात्र दो कमरों का और एक किचन । लोमड़ी दिन में घर से निकलती शिकार ढूढ़ती और बच्चों के लिए भी ले आती ।

कभी-कभी बच्चे जिद करते तो माँ उन्हें अपने साथ शिकार पर ले जाती । बारिश का मौसम आ चुका था । रिमझिम बारिश हो रही थी, चारों और कीचड़ था । घर में ज्यादा कुछ खाने का भी नहीं था । बारिश की वजह बीच-बीच में बिजली भी गुल हो रही थी । हवा में नमी थी इसीलिए 'माँ ' ने उन्हें शिकार पर ले जाने से मना कर दिया ।

बच्चें दिन भर घर में ही थे । 'माँ ' शिकार की खोज में आज नदी किनारे गयी थी । मछलियाँ बच्चों को बहुत पसंद थी । इसीलिए माँ मछलियाँ पकड़ना चाह रही थी ।

मगर नदी किनारे 'शेरखान' अपने बच्चों के साथ जलक्रीड़ा का आनंद उठा रहा था । जैसे ही बच्चों ने लोमड़ी को देखा, वैसे ही चिल्लाने लगे, 'आज उन्हें लोमड़ी के मांस से पार्टी मनाना है' ।

बच्चो की फरमाईश सुनते ही, शेरखान एकाएक लोमड़ी की ओर दौड़ पड़ा । एकाएक लोमड़ी सकपका गई और डर के मारे वह भी उल्टा जंगल की दिशा में भागने लगी । लोमड़ी की गति भांपते हुए शेरखान ने अपनी गति और भी तेज की । लोमड़ी जान हथेली पर रखकर भाग रही थी और शेरखान बच्चों के अरमान लेकर दौड़ रहा था ।

धीरे-धीरे दोनों के बीच का फैसला कम हो रहा था । लोमड़ी भी थकने लगी थी । उसकी सांसे तनने लगी थी और उसे यकींन हो गया था कि अब उसकी चंद सांसे ही शेष है । उसे बच्चों की फ़िक्र हो रही थी । वे कैसे और किसके भरोसे जिन्दा रहेंगे, भागते- भागते यह भी सोच रही थी । उसकी आँखों से आंसू

बहने लगे थी । वह भगवान को याद कर रही थी कि उसे शेरखान के बच्चो की और कुछ मछुआरे टहलते हुए दिखे। अचानक उसका दिमाग तेजी से चलने लगा ।

वह नदी की और देखकर वह जोर जोर से चिल्लाने लगी , "बच्चों को मत पकड़ो, सर्कस मत ले जाना, वे अभी छोटे हैं" ।

अचानक शेर की गति में कुछ कमी आई , वह अपने बच्चों को देखते हुए लोमड़ी के पीछे दौड़ने लगा । चतुर लोमड़ी ने उसकी गति में बदलाव को पढ़ लिया था । वह पुनः चिल्लाई ,"बच्चों को मत पकड़ो, सर्कस मत ले जाना, वे अभी छोटे हैं ।"

शेरखान को लगा कि शिकारी उसके बच्चों को पकड़ने आये हैं । अब उसकी सिट्टी-पिट्टी गुल हो गयी थी । लोमड़ी के स्वाद का काल्पनिक खुमार अब उतर चूका था । अब उसे अपने बच्चों की परवाह थी । वह भी डर रहा था कि कहीं शिकारी उसके बच्चों को न उठा लें । अब उसे अपने बच्चों की फ़िक्र थी , वह तुरंत बिजली की गति से मुड़ा और नदी की और भागने लगा ।

इधर लोमड़ी की अटकी हुई सांसे फिर से चलने लगी और अब शेर की सांसे अटकने लगी थी । उसे थकान महसुस होने लगी थी। वह लोमड़ी के पीछे ऊर्जा खर्च करने के अपने निर्णय पर पछताने लगा ।

जैसे ही वह नदी के पास पहुंचा उसने देखा जिसे वह शिकारी समझ रहा था, वे तो हक़ीक़त में 'मछुआरे' थे, जो नाव लेकर नदी में चले गए थे । उसके जान में जान आ गयी और लोमड़ी की जान उसके बच्चों की और लग गयी।

पुष्पेय

शाम ढल गयी थी । अँधेरा छ गया था । लेकिन अभी भी लोमड़ी घर नहीं पहुँच पायी थी । उधर बच्चें भूख से परेशान थे और अब उन्हें डर भी लगाने लगा था । उन्हें माँ की याद भी सताने लगी थी ।

छोटा हर पल खिड़की से झांकने लगा था । हर आहट पर वह मुड़ कर देखता कि कहीं माँ तो नहीं आ गयी। लेकिन हर बार निराशा ही उसके हाथ लग रही थी । छोटा अब रोने भी लगा था । बड़ा उसे समझा रहा था ..... हौंसला दे रहा था मगर कोई फायदा नहीं हो रहा था । अब छोटे की आवाजें बाहर तक झांकने लगी थी । बढ़ते अँधेरे के साथ उसका सुर भी तेज हो रहा था।

उसी दौरान सामने से एक शातिर लकड़बग्घा जा रहा था । उसने दोनों भाईयों की बातें भी सुनी थी । वह समझ चुका था कि बच्चे घर में अकेले है, और अपनी माँ का इंतजार कर रहे हैं।

वह अपना दिमाग दौड़ाने लगा और अपने भोजन की योजना बनाने लगा । उसने धीरे से दरवाजा खटखटाया । बच्चे थोड़े उत्सुक, थोड़े खुश और थोड़े सतर्क हो गए ।

उन्हें लगा कि उनकी माँ आ गयी हैं । बड़े ने खिड़की से झाँका, मगर कुछ नज़र नजर नहीं आया । दोनों "कौन हैं-कौन हैं ?" पूछते रहे ।

मगर लकड़बग्घा कुछ न बोला । उन्होंने ने भी दरवाजा नहीं खोला। लकड़बग्घे को लगा कि अब तो उसे सामने आना ही होगा ।

उसने पुनः दरवाजा खटखटाया । और बोला, " बच्चों दरवाजा खोलो । मैं आया हूँ मामा ..... लकड़बग्घा मामा । तुम्हारी माँ ने भेजा हैं । छोटा, ख़ुशी से दौड़ते हुए दरवाजे की और बढ़ा । बड़े ने झपटकर उसे रोका ।

छोटा ने पूछा, "मामा! मम्मी कहाँ हैं ? अब तक क्यों नहीं आयी ? मम्मी कब आएगी, मामा ?"

बड़े ने छोटे को कस कर पकड़ा और हिम्मतकर पूछा, "मामा, पासवर्ड क्या हैं?"

लकड़बग्घे ने आश्चर्य से पूछा , "पासवर्ड ? कौनसा पासवर्ड ? "

बड़े ने फिर पूछा , "मामा! आपको मम्मी ने भेजा है ना?"

मुस्कान फेरते हुए लकड़बग्घे ने कहा, "हाँ ! मेरे प्यारे भांजे । तुम्हारी मम्मी ने ही भेजा हैं मुझे ? जल्दी से दरवाजा खोलो ?"

बड़े ने फिर जोर देकर कहा ,"आपको घर में आना हैं तो पासवर्ड बताना ही पड़ेगा।"

फिर बोला ," अनजान व्यक्ति को यदि हमारी माँ की अनुपस्थिति में घर आना हो तो पासवर्ड बताना ही होगा । "

लकड़बग्घे ने कहा , "शायद ! तुम्हारी माँ भूल गयी हो ?"

छोटे ने कहा," हाँ भाई, शायद मम्मी भूल गयी हो ?"

बड़े भाई ने फिर कहा , "मामा, बिना पासवर्ड के अंदर आना मना हैं । "

लकड़बग्घे को पता चल चुका था कि अब उसकी दाल गलने वाली नहीं हैं । उसने अब अपना पैंतरा बदला और जोर जोर से दरवाजा पीटने लगा । दरवाजे पीटने की दन-दन आवाज सुनकर बच्चे डर गए । लकड़बग्घे ने कहा , "दरवाजा खोलो नहीं तो, तोड़ दूंगा । "

छोटा भाई, जोर जोर से रोने लगा । बड़ा उसका ढाढस बंधा रहा था,मगर छोटे का रोना कम ही नहीं हो रहा था ।

इसी बीच लकड़बग्घे ने खिड़की से हाथ डालकर चिटकनी खोलने की कोशिश की। बड़े ने भांप लिया और उसके हाथ पर अपने क्रिकेट क बैट से जोरदार प्रहार किया।

लकड़बग्घा चीख उठा । उसका गुस्सा सांतवे आसमान पर था । वह गुर्राया और जोर जोर से पुनः प्रहार करने लगा।

बारिश भी बढ़ रही थी । सांय-सांय कर हवाएं भी चल रही थी । बच्चे बस रो ही रहे थे और मदद की गुहार कर रहे थे । मगर बारिश और हवाएं उनकी आवाज को दबा दे रहे थी । कोई उनकी चीख पुकार सुन नहीं पा रहा था ।

इधर लकड़बग्घा निरंतर प्रहार कर रहा था । दरवाजा हिलने लगा था । बड़े को लगा की दरवाजा कभी भी गिर सकता हैं । इसी बीच बिजली भी आ गयी और लकड़बग्घे की उम्मीदें उछलने लगी ।

उसने छोटे से कहा, "यह हमारा घर हैं । हम इसके चप्पे चप्पे से वाकिफ हैं । यदि बिजली बंद कर हम कहीं छुप जाएंगे, तो लकड़बग्घा हमें पकड़ नहीं पायेगा।

छोटे को पहली बार बड़े की बात पर यकीन हो रहा था।

वह बोला ,"भैय्या ! आप जैसा बोलोगे, वैसा ही करूँगा।" और वह बड़े भाई से लिपट गया । बड़े भाई ने प्यार से उसका माथा चूमा और उसकी आँखे पोछते हुए बोला, "हम एक और एक दो नहीं बल्कि ग्यारह हैं । "

बड़े ने छोटे से कहा कि वह कीचन से मिर्च पावडर ले आये । छोटा दौड़कर मिर्च पावडर ले आया और बड़े ने फिर बल्ला संभाला।

दरवाजा अब टूटने की कगार पर था, उन्होंने सभी कमरों की बत्ती बंद कर दी थी और दोनों स्टोर रूम में छुप गए थे । स्टोर रूम बिखरा हुआ था,इस वजह से उन्हें छुपने क लिए पर्याप्त जगह मिल गयी।

लकड़बग्घा अब दरवाजा तोड़कर घर में घुस चुका था । चारों और अँधेरा होने की वजह से उसे कुछ दिखाई नहीं दे रहा था । उसे गुस्सा भी खूब आ रहा था । बच्चों को डराने के लिए वह जोर जोर से चिल्लाने लगा । बच्चे चुपचाप स्टोर रूम में ही थे। लकड़बग्घा बत्ती शुरू करने क लिए बटन ढूंढ नहीं पा रहा था...... मगर उसकी खोज जारी थी ।

इधर लोमड़ी घर के लिए निकल चुकी थी । वह पूरी ताकद झोंककर जल्द से जल्द घर पहुंचना चाहती थी । मगर बारिश और तूफ़ान उसकी राह में रोड़े डाल रही थी । समय गुजर रहा था । उसे बच्चों की चिंता सता रही थी, वह हर पल भगवान से उनकी सलामती की दुआ कर रही थी । उसे डर था कि कहीं बच्चों के साथ अनहोनी न हो जाएं ।

जब तक वह घर तक पहुंचती,तब तक लगड़बग्घा 'स्टोर रूम ' तक पहुँच चूका था । पुरे घर में सन्नाटा छाया हुआ था जिससे उसके दिल की धड़कन बढ़ने लगी थी । बच्चे काफी देर से छुपे हुए ही थे ।

छोटा भाई लगड़बग्घा के आने आहट को समझ नहीं पाया । अचानक जोर से बोल उठा , "भैय्या जोर से सु-सु आई हैं।"

सुनकर बड़े भाई ने सिर पकड़ लिया और लगड़बग्घे की तो बांछे खिल गयी । वह आवाज की दिशा में बढ़ने लगा । बड़ा भाई दूसरी और छुपा हुआ था । उसे लगा अब वह छोटे को बचा नहीं पायेगा । वह बल्ला संभलकर धीरे धीरे लगड़बग्घे की और बढ़ने लगा । अब छोटे को भी अहसास हो चूका था कि लगड़बग्घा उसके पास पहुँच गया है । लगड़बग्घे ने उसका शर्ट थाम लिया था ।

छोटा रोने लगा । "भाई ! मुझे बचाओ , प्लीज" ऐसा चिल्लाने लगा ।

लगड़बग्घा समझ चुका था कि आज उसे दावत नसीब होगी । उसे अपनी जीभ पर मांस का स्वाद भी महसूस होने लगा था । उसी पल "तड़ाक -तड़ाक " की आवाजें आई । उसके सिर पर बड़े ने बल्ले से दो बार प्रहार किया था । लगड़बग्घा कराह रहा था । बड़े ने छोटे से किचन की और भागने को कहा । भागते -भागते छोटे ने लगड़बग्घे की आँखों में मिर्च पावडर उड़ेल दिया ।

लगड़बग्घा चीखने लगा । उसके सिर से खून बह रहा था और मिर्च पावडर ने पुरे शरीर में अंगार लगा दी थी । बड़े भाई ने स्टोर रूम को बाहर से बंद कर दिया हुए वह भी किचन में भागा । दोनों डर रहे थे कि कहीं लगड़बग्घा फिर ना जाये । उन्होंने किचन को अंदर से बंद कर दिया और पुनः अँधेरे में छुप गए ।

इसी बीच लोमड़ी घर पहुँच गयी । घर में अँधेरा और टुटा दरवाजा देखने से उसकी सांसे अटकने लगी थी । वह बच्चों को आवाज दे रही थी मगर डर और मौसम की मार उसकी आवाज को बच्चों के पास पहुँचाने नहीं दे रहा था।

उसने बत्ती जलाई । पूरा घर अस्त-व्यस्त था । उसने किचन को अंदर से बंद देखा तो उसने बच्चों को पुनः आवाज लगाईं । बच्चे भी माँ की आहट महसूस करने लगे थे । मगर उनका दिल अभी भी आश्वस्त नहीं था ।

बड़े ने पुनः बल्ला संभाला और छोटे को मिर्च पावडर संभालने की नसीहत दे दी और डरते डरते पूछ ही लिया, "आप कौन हो ?" बाहर से आवाज आई कि, "बेटा मैं आपकी माँ हूँ।"

छोटे ने झट से पूछा, "फिर पासवर्ड बताओ।"

माँ की आँखों से खुशिओं के आंसू बह रहे रहे थे ।

रोते रोते वह बोली, "मिसाइल मैन एपीजे अब्दुल कलाम ।"

दोनों ख़ुशी से झूम उठे । फटाफट दरवाजा खोला और माँ से लिपट पड़े । तीनों के आंखो से अश्रु धारा बह रही थी ।

रोते रोते छोटा बोल पड़ा ,"माँ,भाई बहुत शक्तिशाली हैं ।"

माँ अब पूरी हक़ीक़त जान चुकी थी ।

पुलिस भी लकड़बग्घे को दबोच चुकी थी ।

पड़ोसी घर सुधारने में जुट गए थे ।

इधर पुलिस बच्चों को शाबासी दे रही थी और माँ का सीना गर्व से फूल रहा था ।

---------------------*-------------------*------------------

7- बुढ़िया, बजरंगबली और बन्दर

एक बुढ़िया थी ।

अकेली ही रहती थी ।

उसका मिट्टी का घर था,जो टूटी हुई कवेलुओं से ओढ़ा हुआ था । खिड़की टूटी और दरवाजा खिसका हुआ था । आँगन... घर से सटा हुआ था । जिसकी बगल में ही छोटी-छोटी क्यारियां थी और कुछ बड़ी क्यारियां भी थी । उसकी क्यारियां से ही सटा हुआ एक पड़ोस था, जहां उस इलाके के लठमार और नामी गिरामी चोर रहा करते थे । उसी चोर का एक छोटा सा बेटा था 'डब्बू' ।

डब्बू, बुढ़िया की क्यारियों के फूलों पर मुग्ध था । फूल बीनने के बहाने बुढ़िया से दो-चार बातें भी कर लिया करता । कभी हंस-खेल लेता और कभी खिलखिला लेता था । अकेली बुढ़िया का वही 'हमराज' था ।

डब्बू, उसे 'दादी' कहा करता था ।

बुढ़िया उसे 'बजरंगबली' की कहानियां सुनाया करती थी । साथ ही कुछ गड़बड़ होने से उसे चेताया भी करती थी कि, 'बजरंगबली सब ठीक कर देंगे' ।

बुढ़िया भी हमेशा 'बजरंगबली' का नाम भी जपा करती थी । बुढ़िया की आँखों की रौशनी कमजोर थी । रात में लालटेन की रौशनी में भी ठीक से देख नहीं पाती थी । इसीलिए शाम ढलते ही वह खाना खाकर सो जाती थी ।

ठण्ड का मौसम था । क्यारियों में रंग-बिरंगे फूल खिले थे और बाड़ी में अमरुद फले हुए थे ।

आजकल कुछ बंदर, उधर भटकने लगे थे । फूलों की खुशबू या अमरूद की आस.... पता नहीं..... कुछ तो उन्हें खींच कर लाया था ।

झुण्ड में एक उधमी बंदर भी था । जो बुढ़िया के घर में ताक- झांक करने भी लगा था।

इधर, चोरों का धंधा भी थोड़ा मंदा चल रहा था । इसीलिए वे बुढ़िया की बाड़ी में अपनी सीमाएं बढ़ा रहे थे और बुढ़िया की बाड़ी से पैरा, सूखी लकड़ी चुराकर अपने छत पर जाकर छुपा चुके थे । उसी जगह, वे चोरी की सारी चीज़े जैसे...पैसे- कीमती आभूषण भी छुपाया करते थे ।

बुढ़िया को, सामान चोरी होने की हल्की-हल्की खबर लग चुकी थी इसीलिए उसकी डब्बू के पिता से, दो-चार दफा इस पर तकरार भी हुई थी । बुढ़िया, उन्हें ताकीद दे चुकी थी कि बजरंगबली उन्हें छोड़ेंगे नहीं ।

बुढ़िया से तकरार का डब्बू के पिता और चाचा मज़ाक बनाकर चल देते । डब्बू को उसके पिता और चाचा का बर्ताव अच्छा नहीं लग रहा था । वह भी उन्हें बजरंगबली की कहानियां सुनाता और उनका डर भी दिखाते रहता था।

डब्बू, आजकल दादी से 'सुंदरकांड' सुन रहा था।

बजरंगबली, 'सीतामाता' की खोज में 'अशोक वाटिका' पहुंच चुके थे । 'अक्षय कुमार' का वध करने के कारण,रावण ने उनकी पूंछ जला दी थी, लेकिन बजरंगबली ने उसी पूंछ से पूरी लंका जला दी थी । यह दृश्य डब्बू की आँखों में अक्सर घुमते रहता था।

पिछले दो दिनों से,दादी की परेशानी और भी बढ़ गयी थी क्योंकि वह उधमी बंदर, दादी के चूल्हे को खराब कर भाग जा रहा था । लेकिन दादी अपनी कमजोर दृष्टि और कमजोर शरीर के चलते उसे पकड़ भी नहीं पा रही थी।

कल तो हद ही हो गई थी क्योंकि वह उधमी बंदर चूल्हे में शौच कर भाग गया था । जिसके चलते सुबह दादी की रसोई बदबू से महक रही थी । दादी का गुस्सा सातवें आसमान पर था। लेकिन चाह कर भी वह कुछ कर नहीं पा रही थी । डब्बू भी समझ नहीं पा रहा था कि कौन ऐसा कर रहा है ?

डब्बू, दादी को समझा रहा था कि कोई तो रात में ही गड़बड़ कर रहा है और कह गया कि 'बजरंगबली ! सब ठीक कर देंगे ' । दादी भी उसके सुर में अपना सुर मिला रही थी।

आज दादी ने दोबारा जब चूल्हे में "शौच" पाई, तब वह उस नालायक को सबक सिखाने का मन बना चुकी थी।

हमेशा की तरह शाम को,दादी ने 'रॉकेल' (केरोसीन) डालकर चूल्हे पर खाना बनाया और 'रॉकेल' से लबालब भरा **'दीया'**, चूल्हे के बगल में ही रख दिया। लेकिन आज, दादी ने हमेशा की तरह खाना बनाने के पश्चात चूल्हे को बुझाया नहीं वरन कुछ कोयले और डाल दिए । साथ ही **'दीया'** की लौ कुछ कम कर दी ताकि वह **'दुश्मन'** पर नज़र रख सके और पकड़ सके।

रात चढ़ रही थी । डब्बू अपने पिता के साथ हनुमान जी की शक्ति का विश्लेषण कर रहा था । साथ ही अपने पिता की बाजुओं को हनुमान जी की बाजू के साथ तोल भी रहा था । डब्बू की बातें सुनते-सुनते, उसके पिता सो भी गए मगर डब्बू अभी भी लंका में लगी आग के बारे में ही सोच रहा था।

चूल्हे के कोयले पर राख की एक परत चढ़ चुकी थी । लाल-लाल अंगारे राख के निचे छुप चुके थे।

इसी बीच अंधेरे का फायदा उठाकर, उधमी बंदर, टूटी खिड़की के रास्ते ..धीरे से ...रसोई में दाखिल हो गया । उसने, टोकरी में रखे अमरूद खा डालें और टोकरी भी तोड़ दी । फिर हमेशा की तरह चूल्हे में जाकर बदमाशी करने लगा ।

उसकी पूँछ चूल्हे के बीच लटक रही थी । धीरे-धीरे उसे कुछ ताप का एहसास भी हो रहा था...... मगर वह उस ताप को संभाल पा रहा था, इसलिए अपने ही गतिविधि में लिप्त था । मगर .... उसकी धमाचौकड़ी ने उसकी पूँछ ने अंगारों के ऊपर जमी राख की परत को हटा दिया । और जैसे ही उसकी पूँछ अंगारों के संपर्क में आई वह चित्कार कर जोर-जोर से हिलने लगा और इधर उधर भागने लगा ।

उसी आपाधापी में उससे 'रॉकेल का दीया' भी गिर गया । उसकी पूँछ पर रॉकेल उड़ेल गया और जलती हुई 'दीये की बाती' पूँछ से चिपक गई । जलती पूंछ देखकर .... डर के मारे .....वह बाहर कूद गया ।

क्यारियां और बाड़ी से गुजरते हुए वह ' डब्बू' के घर पर चढ़ गया...जलती पूँछ के साथ । छत पर सुखी लकड़ी या पैरा रखा हुआ था.... जिसने आग पकड़ लिया ।

डब्बू की छत अब जलने लगी थी । अभी भी उसके पिता और चाचा गहरी नींद में सो रहे थे.... और इधर बंदर भी छत पर उछल कूद कर रहा था।

बंदर की यह उछल कूद ' डब्बू ने' देख ली । एकाएक वह चिल्ला उठा, "पापा ! लंका जल रही है ....पापा ! लंका जल रही है।"

उसका शोर सुनकर चाचा और पापा जग गए । जलती हुई छत देखकर दोनों माथे पर हाथ देकर बैठ गए और रोने लगे।

बुढ़िया के खेत से चुराया हुआ पैरा और सूखी लकड़ियां जल रही थी .....और अपने साथ चोरी का छुपाया हुआ कीमती सामान, जेवरात सभी को जला रही थी।

वे दोनों भी शोर मचाने लगे।

लोग जमा हुए, घर पर पानी छिड़का गया और बड़ी मुश्किल से आग पर काबू पा लिया गया ।

छत के साथ सारा सामान जल चुका था । सभी लोग आग कैसे लगी इसका जायजा लेने की कोशिश कर रहे थे .....मगर किसी के पल्ले कुछ नहीं पड़ रहा था ।

लेकिन डब्बू जोर-जोर से चिल्ला रहा था कि "बजरंगबली ने आग लगाई है लंका में ......और मैंने खुद देखा है।" डब्बू की बात किसी की समझ में नहीं आ रही थी।

अगले दिन, डब्बू दादी के पास बैठकर रावण वध की कहानी सुन रहा था । दादी खुश थी कि आज उसका चूल्हा किसी ने गंदा नहीं किया और डब्बू रट लगा रहा था कि, "बजरंगबली ने ही लंका जलाई है और उसने खुद देखा भी है।" उसकी बातें सुनकर दादी उसका मासूम चेहरा देखते हुए उसके बाल सवार रही थी और होले से गर्दन हिलाते-हिलाते डब्बू की बातों में हामी भर रही थी।

---------------------*-------------------*------------------

8- जीवन का मोल

एक जंगल में एक कौवा अपनी पत्नी के साथ रहता था । उसी के पड़ोस में एक मोर,अपनी मोरनी क साथ रहता था । दोनों परिवारों में कभी बातचीत नहीं होती थी । कौवा अपनी पत्नी को हमेशा मोर के रंगबिरंगी पंखों के में बताते रहता था, उसके पंखो की तारीफ करते रहता था । उसे लगता था कि मोर एक अद्भुत पक्षी है, जो सीधा स्वर्ग से आया है ।

एक दिन उसकी पत्नी ने कहा , "काश ! आपके पंख भी मोर के पंखो की तरह ख़ूबसूरत और रंगबिरंगी होते ? आप बादलों को देख देख कर नृत्य करते और मैं आपको देखकर नृत्य करती।"

उस दिन से वह कौवा, मोर के जैसा बनना चाह रहा था । उसके बीवी की बातों ने उसे अंदर तक परेशान कर दिया था । उसके दिन का चैन और रात की नींद खो गयी थी । उसे अपने रूप-रंग और पंखों से नफरत हो गयी थी ।

बारिश का मौसम था । वह अपनी खिड़की से कहीं झांक रहा था कि अचानक उसकी उसकी नज़र झाड़ियों की और गयी । वहा कुछ हलचल हो रही थी...शायद कोई नाच रहा था । झाड़ियों के चलते वह समझ नहीं पा रहा था कि नाच कौन रहा है? नाचनेवाले को देख न पाने के चलते, उसे जानने की लिए वह कुछ ज्यादा ही उत्सुक हो रहा था । उसे कुशल नर्तक की गति उसे अपने और खिंच रही थी । उसने अपने पत्नी को यह बात बताई । उत्सुकतावश वह भी दूरबीन लेकर पहुँच गयी। वे अब बारी-बारी दूरबीन से उस नर्तक को देख रहे थे..... लेकिन अभी भी वह अद्भुत नर्तक उनके लिए अज्ञात ही था । और यहीं अज्ञानता उन्हें उसके बारे में जानने के लिए लालायित कर रही थी ।

कौवे की पत्नी टकटकी लगाए उसे देख ही रही थी कि उसकी नज़र नर्तक के पैरों की और गयी । पैरों को देखकर वह चीख पड़ी , "छी ! कितने गंदे पैर हैं । " उसने कौवे को भी उसके गंदे पैर दिखाते हुए बोली ,"इसके पैर, तुम्हारे पैर से भी

ज्यादा गंदे हैं।" सुनकर कौवे का दिल थोड़ा खुश हुआ कि कोई उससे भी कुरूप है । बहुत दिनों क बाद उसे अपने आप से थोड़ा प्यार महसूस हुआ।

कौवा का दिमाग अब दूसरी दिशा में चल रहा था । अब उसे 'कुरूप नर्तक' को देखना था... मिलना था... शायद उसके पैर पर थोड़ा हंसना भी था।

दोनों अब उस नर्तक की खोज में चल पड़े....जो अभी भी नाच ही रहा था । थोड़ी ही देर में वे उस झाड़ी के पास पहुंचे और उस नर्तक को जांचने -परखने का प्रयास कर ही रहे थे कि नाचते नाचते वह स्वयं उनके सामने आ पहुंचा । कौवा और उसकी पत्नी के दिमाग में एक जोरदार धमाका हुआ...... वह नर्तक कोई और नहीं बल्कि कौवे की दुनिया सर्वश्रेष्ठ पक्षी ..सर्वांग सुन्दर मोर ही था, जो अबतक उसके दिलों दिमाग पर अपनी सुंदरता की वजह से राज करता था।

मोर भी उनको अप्रत्याशित अपने सामने पाकर भौचक्का रह गया और पहली बार दोनों ने एकदूसरे को नमस्कार किया ।

कौवा : आप तो बहुत सुन्दर हो .. मगर.... (बोलते बोलते कौवा ठहर गया)

मोर (आश्चर्य से) :मगर क्या ?

कौवा :कुछ नहीं.... बस ऐसे ही ।

मोर: बोलो न, रुक क्यों गए ?

कौवा : आपके पंख बहुत सुन्दर है.... पर आपके पैर बहुत कुरूप है ।

मोर मन ही मन नाराज हुआ पर खुद को सँभालते हुए बोला,"पंख तो ख़ूबसूरत है ना..... तुम्हारे पास क्या है? लेकिन पहले मैं भी तुम्हारी तरह कौवा ही हुआ करता था......पर अब देखो मुझे । और हाँ ! अगले कुछ ही दिनों में पैर भी सुन्दर बनाने जा जा रहा हूँ ।

कौवा आश्चर्य से पूछ बैठा : कैसे? कैसे? बताइये ना ।

मोर:बहुत जतन किया है मैंने , बहुत खतरा भी उठाया है । तब जाकर ऐसे पंख पाए है । तुम क्या जानो इस सुंदरता के पीछे की मेहनत ?

कौवा (गिड़गिड़ाते हुए): हमें भी बताइये ना । ..

मोर (अकड़ दिखते हुए): तुमसे ना हो पायेगा ।

कौवा और उसकी पत्नी (गिड़गिड़ाते हुए): हमें भी बताइये ना । .. हम लोग कुरूपता त्यागकर आपके जैसी सुंदरता पाना चाहते हैं ।

मोर (दोनों को ऊपर से निचे तक देखते हुए):आपका रूप-रंग देखकर लगता है कि आप हमारे दूर के सम्बन्धी मालूम होते है । ठीक है......... सुनो राज की बात ।

ऐसा कहकर उसने उन दोनों को आगे बुलाया और धीरे से उनके कान में फुसफुसाया, "तुम्हें अगले तीन महीने तक, हर रविवार को जीवित सांप खाने होंगे और ऐसा बिना किसी बाधा या व्यवधान से करना होगा... वर्ना पूरी मेहनत बर्बाद हो जाएगी । मेरी पत्नी ने नियम नहीं निभाया इसीलिए उसे सुन्दर पंख प्राप्त नहीं हुए है ।"

कौवा और उसकी पत्नी हर्षित होकर और उसे धन्यवाद देकर चले गए । उन दोनों ने अभीतक कभी जीवित सापों को खाया नहीं था । दोनों एक दूसरे का ढाढ़स बांधने लगे । आधी -आधी रात तक उन्हें सांप के डर से नींद भी नहीं आती थी । मगर जब सुबह सुबह नींद पड़ती तो उन्हें नाचते हुए मोर के सपने जरूर आते थे और वे दोनों भी मोर बनकर नाचते रहते थे।

आनेवाला कल रविवार था । दोनों रोमांचित और डरे हुए भी थे । दोनों ने अपनी चोंच को धार भी लगाईं और एक पुख्ता योजना भी बनाई । योजना यह थी कि दोनों दो विरुद्ध दिशा से एकसाथ हमला करेंगे । उन्हें यकीन था कि भोर में सांप जब नींद में होते है, उसी समय हमला करना आसान होगा ।

सुबह सुबह दोनों चल पड़े एक बड़े बरगद की और अपनी पुख्ता योजना लेकर।उसकी खोह में एक कोबरा रहता था । योजना के मुताबिक कौवे को पूंछपर और उसकी पत्नी को सिर पर हमला करना था।

दोनों उड़ पड़े थे..... जैसे जैसे फांसला घट रहा था पत्नी के दिल की धड़कने बढ़ रही थी क्योंकि उसे सिर पर हमला करना था। कौवा उसकी हिम्मत बढ़ा रहा था और उसी हिम्मत के बल पर वह आगे बढ़ रही थी । दोनों एक साथ हमला करनेवाले थे ।

कौवे ने अपनी नुकीली चोंच उस सांप की पूंछ पर गड़ा दी मगर उसकी पत्नी डर की वजह से सटीक हमला नहीं कर पाई । कौवे की चोंच लगते ही सांप चीख पड़ा । कराहते हुए इधर-उधर देखने लगा । तबतक कौवा और उसकी पत्नी उड़ान भर चुके थे ।

सांप को कोई हमलावर नहीं नज़र नहीं आ रहा था... वह फिर सो गया । कौवे ने और उसकी पत्नी ने पुनः झपटा मारा । इसबार निशाना सटीक बैठा । काला कोबरा चीत्कार उठा था। उसने गुस्से में हवा में जहर उगल दिया । जहर हवा में फ़ैल गया और उसी से पेड़ की टहनी पर बैठी एक चिड़िया अचानक बेहोश होकर गिर पड़ी । कौवा और उसकी पत्नी डर से घर भाग गए ।

कौवा और उसकी पत्नी अब दूसरी योजना पर काम करने लगे । जिसका उद्देश्य जहरीले सापों से दूर रहना था । इसीलिए उन्होंने अगले रविवार को एक अजगर

का मांस खाने की योजना बनाई क्योंकि अजगर जहरीला नहीं होता है यह उन्हें ज्ञात था । साथ ही साथ उन्हें यकीन था की वे अजगर की गति को मात दे पाएंगे ।

इस रविवार की सुबह थोड़ी सी अलग थी... कौवा और उसकी पत्नी के लिए । इस सुबह कुछ आस थी... एक कदम सुंदरता की और बढ़ने की । एक आस थी...... थोड़ा बेहतर दिखने की । लेकिन थोड़ी चिंताए भी थी..... अजगर से खुद को बचाने की ।

योजना के अनुसार दोनों आगे बढ़ रहे थे । इसबार दोनों ने एकसाथ हमला करने की योजना बनाई थी । अजगर जमीनपर 'सुस्तराम' जैसा सोया हुआ था । दोनों ने एकसाथ उसकी पूंछ पर चोंच गड़ाई । वह हल्का सा जग गया । थोड़ा सा सतर्क हो गया । वह भी खतरे जायजा लेने लगा।

इसीबीच कौवा और उसकी पत्नी ने फिर ऊपर उड़कर झपट्टा मरने की योजना बनाई और उसी हिसाब से आगे बढ़कर झपट्टा मरने ही वाले थे कि एकाएक अजगर ने अपनी दिशा बदल दी । उन्हें आता हुआ देखकर अजगर ने अपना पूरा मुँह खोलकर जोर से हवा खींचने लगा । वे दोनों भी उसी और बढ़ रहे थे । एकाएक कौवे को महसूस हुआ की वह अपना संतुलन नहीं बना पा रहा है, बल्कि वह तेजी से आगे बढ़ रहा है, अजगर की मुख की ओर । वह समझ गया की अजगर उसे निगलने की योजना बना चूका है, इसीलिए उसे खींचने की कोशिश कर रहा है ।

अब कौवे और अजगर क बीच बहुत काम फासला बचा था । कौवा अपनी अंतिम घड़ियां गिनने लगा था।उसकी पत्नी भी कौवे को अजगर के मुख की और बढ़ता हुआ देख रही थी......उसे भी यकीन हो गया था कि सुंदरता की खोज में उसका पति शहीद होने जा रहा है ।

वह भगवान से मिन्नतें करने लगी । कौवे की गति भी बढ़ने लगी और उसके पत्नी की सांसो की गति भी । कौवा अपने अंतिम पलों में अपनी पत्नी को मुड़कर देखना चाहता था मगर उसे वह अवसर भी नहीं मिल रहा था । अजगर

भी आँखे मूंदकर कौवे के मांस का जायका महसूस करने लगा ही था कि शेर के शिकार से बचने के लिए भागता हुआ हिरन उन दोनों के बीच से गुजर गया ।

हिरन बड़ा था...... अजगर के साँस के खिंचाव से उसका संतुलन बिगड़ गया पर जैसे-तैसे खुद को सँभालते हुए भाग गया । और उसी एक पल में कौवे को खुद को सँभालने का अवसर मिल गया । और उसने अपनी दिशा बदल दी । और उतनी ही तेजी भाग गया । उसका आज पुनर्जन्म हुआ था ।

कौवा और उसकी पत्नी को अहसास हो गया की सुंदरता और कुरूपता तो बस मन का वहम है और जिंदगी ही सबसे अनमोल है ।

---------------------*------------------*----------------

9. जंग

छह साल का एक लड़का अस्पताल के एक केबीन से बाहर आया । बच्चे क सिर मुंडा हुआ था और चेहरे पर हलकी सी थकान लेकर पहुंचा .....छोटे-छोटे कदमों से....हंसने की पुरजोर कोशिश करते हुए ।

उसके पापा एक हाथ में गॉगल और दूसरे में गमछा लेकर उसके आने का इंतजार कर रहे थे ..... बेसब्री से।

पापा को देखते ही उसकी गति बढ़ गयी और वह तेजी लपका और उनकी गोदी में समा गया ।

बेटा:- (मासूमियत से भरी खुशी से) पापा .... पापा.... मैं आ गया......पापा ।

पापा:- (उतनी ही शिद्दत से) बहुत अच्छे मेरे बहादूर बेटे........ शाबास !

पापा थोड़ी देर रुके,अपने बच्चे को पूरी शिद्दत से निहारा और बच्चे सर पर हाथ फेरते हुए (थोडा रुककर और लम्बी साँस लेकर), "बेटा ! फोटो खिंचाया क्या? कैंसे खिंचा ?"

बेटा (गोदी में उछलने की कोशिश करते हुए) :- एकदम झक्कास पापा....सुपर.... ।

पापा:-बेटा! फोटो खिंचते समय (थोडा रुककर और एक गहरी सांस लेकर) तू कहीं हिला तो नहीं ना...?

बेटा:-(पापा के हाथ गॉगल लेकर पहनते हुए) क्या पापा! येड़ा समझा क्या? एक बार भी नहीं हिला । हिलने से तो फोटो खराब होगा ना.... (थोडा गुस्सा दिखाते हुए) फिर क्यों हिलुंगा ?

पापा:-लगता है आज मेरे बेटे की सबसे अच्छी फोटो आई है ?

बेटा:-हां पापा सबसे अच्छी...पिछले दस दिनों में बेस्ट $$$....डाक्टर अंकल भी ऐसा बोल रहे थे।

पापा:-(थोडा भावुक होते हुए) बहुत बढ़िया बेटा.... शाबास (आंखो के आंसु छुपकर पोछते हुए) ये बात मम्मी को भी बोल देना।

(पापा बेटे के मुंडे हुए सिर पर गमझा बांधते है,गॉगल को ठीक करते हैं)

बेटा:-(बच्चा गमछा बांधने के पश्चात गॉगल को फिर सवांरकर,फिल्म "मोहरा" के अक्षय कुमार की तर्ज़ पर खड़े हो गया) पापा ! हम हर दिन लेटे- लेटे ही फ़ोटो क्यों खिंचते है ?

पापा :-(परेशान होते हुए) बेटा! ये नए स्टाइल का कॅमेरा है....एकदम नया. इसीलिए सोकर फोटो खिंचना पड़ता है।

बेटा:- (और थोडा सोचते हुए) अच्छा ?

फिर कुछ और याद आते हुए पूछता है , "पापा!कल ऐसे ही फोटो खिंचाऊंगा क्या ?"

पापा एकदम खामोश हो जाते है.. फिर उसको निहारते है ।

बेटा : बोलो न पापा..प्लीज बोलो न ?

पापा:-(चिंता को हंसी में टालते हुए) नहीं बेटा! तू तो ऐसे ही इतना प्यारा लगता है कि तुझे गॉगल और गमछे की जरुरत नहीं है,ये तो बस धूप से बचने के लिए हैं।

बेटा:-(थोडी थकान और दु:ख के साथ) पापा ! आज मैं अपने पैरों पर चलकर बाहर जाऊंगा क्या ?

पापा:-(बच्चे को एक झटके में गोद में उठाकर सीने से चिपकाते हुए) नहीं बेटा नहीं.... यहां पैदल मत चलो , तू तो राजा बेटा है.....और राजा बेटा ऐसी-वैसी सीढ़ियों से चलेगा क्या ?

पापा : (फिर कुछ और सोचते हुए) और वैसे भी यहाँ की सीढिया उतनी अच्छी नहीं हैं .... तू तो कल सिढीयों पर गिर गया था न..... थोडी कमजोरी है बेटा तुझे....(और पापा बढ़ते है .... अस्पताल से बाहर ...... बच्चे को अपने सीने से लगाकर)।

{ ये कहानी नहीं सच्चाई है, छह साल के बच्चे की, जो लड़ रहा है..... जंग.....ब्रेन कॅन्सर से.....अपने फॅक्टरी मज़दूर पिता और बेची हुई जमींन के साथ और जिस फोटो की वो बात वे लोग कर रहे है वह है रेडिएशन थेरापी की । }

---------------------*-------------------*-----------------

10. नवोदय हॉस्टल की दीवाली

अमूमन दीवाली दीपों का त्यौहार होता है....खुशियों के दीप, उत्साह के दीप, और प्यार के दीप।

पिछले साल तक, हमारी दिवाली,हमारे हॉस्टल में ही मनाई जाती 'नवोदय स्कूल के हॉस्टल' में ...... शायद उद्देश्य था कि हम लोग साथ में ही खुशियां मनाएं।

मम्मी-डैडी, भाई-बहन और मिठाई इनकी कमी हटा दे तो हॉस्टल की दीवाली,घर से भी ज्यादा शानदार होती थी । करीब 300 बच्चों के साथ दीप जलाना, पटाखे फोड़ना, गप्पे लड़ाना, मिठाई खाना वगैरा-वगैरा।

पिछले साल की बात है । कक्षा 12वीं में होना हमारे लिए अधिक जिम्मेदारियों का साल होता था क्योंकि पढ़ाई के जिम्मेदारी के अतिरिक्त यह हमारे नवोदय के हॉस्टल लाइफ का अंतिम वर्ष था ।

साथ ही हमारे सीनियर विद्यार्थी होने का भी अंतिम वर्ष...... हमारे स्कूल लाइफ में ।

सीनियर होने के चलते सभी जूनियर की जिम्मेदारी भी हमारी हुआ करती थी।

व्यवस्था के संचालन के मद्देनजर हम लोगों को 'हाउस' या 'सदन' में बांटा गया था । वैसे हाउस का मतलब घर होता है मगर यहां चार हाउस यानी कि चार टीम थी । जो आपस में प्रतिस्पर्धा करती थी चाहे खेल ,साफ सफाई, डिसिप्लिन,पढ़ाई, सामाजिक दायित्व, मिठाई खाना या फिर डांट खाना इत्यादि।

हमारे चार हाउस थे : गाँधी हाउस, नेहरू हाउस, सुभाष हाउस और शास्त्री हाउस।

बचपन के रंग

हॉस्टल भी हाउस के हिसाब से चार भागों में बंटा हुआ था... एक कम्पाउंड के भीतर ।

हॉस्टल के दोनों ओर लोहे के बड़े ऊँचे और मजबूत गेट या किवाड़ होते थे, जो रात क ग्यारह बजे बंद होते थे, जिसे बंद करने की जिम्मेदारी हर एक हाउस की होती थी । यह जिम्मेदारी हर पखवाड़े में बदलती रहती थी.... या यूँ कहे तो सभी हाउस को यह जिम्मेदारी एक पखवाड़े तक निभानी होती थी।

हर हाउस के लिए एक मनोनीत वार्डन होते थे।

हॉस्टल के गेट से पच्चीस मीटर की दूरी पर 'हाउस वार्डन' के बंगले थे।

जिस तरह भिन्न भिन्न हाउस के बच्चों के बीच प्रतिस्पर्धा हुआ करती थी, उससे से भी तीव्र प्रतिस्पर्धा हमारे वार्डन के बीच हुआ करती थी ।

हमारे हाउस में लगभग सभी बच्चे हाउस के नाम के मुताबिक थे. ठिंगने .... जैसे शास्त्री जी थे ।

लेकिन हमारी ईमानदारी 'शास्त्री जी' के जैसी तो बिलकुल नहीं थी।

जिसकी....... शायद दो वजहें थी ।

पहली: हमारी कदकाठी के चलते हम बिना छल कपट के खेलों में जीतना मुश्किल था और **दूसरी:** अमूमन लगभग हर खेल में हम हार ही जाते थे और यदि थोड़ा छल कपट न करे तो हमारी हार और बुरी हो जाती थी ।

दशहरे के बाद हुए खेल स्पर्धाओं में हर साल की तरह इस बार भी हम लोग अपना चौथा स्थान बचाने में सफल हुए थे ।

सुभाष हाउस, इस बार विजेता घोषित हुआ था। इसी के चलते दोनों हाउस के बीच में नोक-झोंक चलती रहती थी । लोग इसे नोक-झोंक कह सकते हैं और

नहीं भी क्योंकि सुभाष हाउस के बच्चे हमें चिढ़ाते थे और हम कम से कम चिढ़ने की और ज्यादा से ज्यादा अपमान का घूंट पीने की कोशिश करते थे।

दिवाली के पहले साफ-सफाई और अनुशासन पर जोर अधिक रहता था । हमें लगता था कि साफ-सफाई की ट्राफी शायद हम लोग आसानी से पा सकते हैं क्योंकि साफ सफाई और अनुशासन में खेलो जितने बल की आवश्यकता नहीं होती थी, ऐसा हमारा अनुमान था ।

श्री मौर्या सर, सुभाष हाउस के वार्डन थे जिनका बंगला हमारे हॉस्टल से सटा हुआ था । और उनके बगल में श्री प्रसाद सर का बंगला था, जो हमारे वार्डन थे।

मौर्या सर, इस दफा अनुशासन की ट्रॉफी सुभाष हाउस को जितवाना चाहते थे और इसी के चलते वे एड़ी-चोटी का जोर लगा रहे थे ।

वे अपनी हाउस के बच्चों से अधिक से अधिक साफ सफाई करवाते रहते और जल्दी से जल्दी सोने की ताकिद भी देते रहते थे और रात में अपने हाउस पर कड़ी निगरानी रखते थे, जिससे अनुशासन बना रहे ।

इस सख्ती के चलते ग्यारहवीं और बारहवीं के बच्चे उनसे थोड़े खफा रहते ।

जैसे -जैसे दिवाली नजदीक आ रही थी, उनकी सख्ती बढ़ ही रही थी और उसी के चलते उनके हाउस के कुछ बच्चों की कुंठा बढ़ रही थी । यह बात धीरे-धीरे सभी हाउस के बच्चों को आपसी खुसर-पुसर के चलते पता चल रही थी ।

सुभाष हाउस का खेल प्रतिनिधि था 'संजय', जो हर खेल में पारंगत था और शक्तिशाली भी । इसके के चलते वह, हम लोगों को चिढ़ाने में भी अव्वल रहता था ।

पिछले कुछ दिनों से शास्त्री हाउस का एक ही दुश्मन था........ संजय । क्योंकि वह हम सब को चिढ़ाकर हमारी बैंड बजा देता था और हमारे पास तो न तो उसकी खेल का और ना ही उसकी बातों का जवाब होता था।

दिवाली का पहला दिन था ।

मेस में सुभाष हाउस की ड्यूटी थी । जिसके चलते मेस की सारी व्यवस्था देखने के पश्चात ही उन्हें दिवाली का आनंद यानी कि पटाखों और फुलझड़ियाँ के साथ खेलने का मौका मिलने वाला था । और इसी के चलते मौर्या सर और संजय के बीच बातें चल रही थी।

मौर्या सर रात को 10:30 तक सबको अपना दिवाली की मस्ती और खाना-वाना समिटने की नसीहत दे रहे थे और साथ ही साफ सफाई पर हाथ आजमाने की बातें कह रहे थे । मगर मेस ड्यूटी के चलते, वह लोग रात 10:00 बजे तक मेस में ही रहने के लिए बाध्य थे।

हम लोग रात के 9:30 बजे तक खाना खाकर पुनः पटाखे और फुलझड़ियों में जुड़ गए और रात के 11:00 बजे तक डटे रहे ।

सुभाष हॉउस के बच्चे रात के 10:00 बजे आए और 10:30 तक तामझाम समेटकर सफाई में जुट गए।

यह देखना हमारे लिए सुखद था और यह खेल प्रतियोगिता की हार और चिढ़ाने के अपमान पर, मलहम लगा रहा था ।

बहुत दिनों के पश्चात, हमारे चेहरे पर खुशी की लहर आई थी और यहीं ख़ुशी की लहर संजय और उसके दोस्तों के चेहरे पर खीज पैदा कर रही थी ।

दूसरी महत्वपूर्ण बात यह थी कि पूरी दीवाली के दौरान सुभाष हाउस में ड्यूटी देने वाला था..... जो हमारे कमजोर खिलाड़ियों का उत्साह बढ़ा रही थी ।

अगले दिन हमारे शास्त्री हाउस में मीटिंग हुई.... बिना हाउस वार्डन के ।

हमारा हाउस कप्तान बाजीराव था।

वैसे, बाजीराव नाम मात्र का बाजीराव था क्योंकि वह बहुत ही सीधा था। मगर कप्तान का थिंक टैंक या सोच को दिशा निर्देश सर काम करते थे मैं और मेरा दोस्त पवन।

मीटिंग में निष्कर्ष निकला कि अनुशासन की ट्रॉफी हमें जीतना है। सभी को ताकीद दी गई की भले खाना कम खाए मगर जल्दी खाए और बिना किसी ना-नुकर के पटाखे फोड़ कर 10:50 तक बिस्तर पर लौट जाएं।

खेल की हार और संजय के शब्दों की मार से,हमारे बीच सामंजस्य और एकता बढ़ी थी। वैसे भी कमजोर लोगों को हमेशा एकजुट रहना चाहिए।

जूनियर के जाने के बाद, पुनः ग्यारहवीं और बारहवीं के बच्चों की मीटिंग हुई।

मीटिंग के मुताबिक हमारे हाउस के पढ़न्तु और दिवाली के प्रति निष्क्रिय या अनासक्त बच्चों को खाने के समय मेस में अधिक से अधिक समय व्यतीत करने को कहा गया, ताकि सुभाष हाउस के बच्चे अधिक देर तक मेस में रहे और उनकी खीज बढ़ती रहे।

जूनियर को ज्यादा से ज्यादा पटाखे फोड़ने की आजादी दी गई। सभी को, सभी काम समय की सीमा के दायरे में करना है .....यह बाजीराव की नसीहत थी, जो बदस्तूर जारी थी।

आज सुबह से ही संजय और उसके साथी कुछ ज्यादा ही गुस्से में थे।

वे हमारे हाउस के पढ़न्तु बच्चों को गाली दे रहे थे क्योंकि उनके चलते बमुश्किल रात के सवा दस बजे तक वे पटाखों के लिए पहुंचे थे। और जैसे ही वे पहुंचे साढ़े दस बजे, मोर्या सर विराजमान हो गए।

संजय और उसके साथी, गुस्से में उबल रहे थे। मगर मोर्या सर की शक्ति और सख्ती सबको हॉस्टल में वापस धकेल लाई थी।

हम लोगों का पटाखे फोड़ना जारी था। हिदायत के अनुसार, जूनियर बच्चे पटाखों की आवाज से ज्यादा जोर के ठहाके लगा रहे थे । हमारे ठहाकों और पटाखों की गूंज सुभाष हाउस के बच्चों को परेशान कर रही थी या यूं कहें तो उनकी छाती पर मूंग दल रही थी।

रात के 10:40 तक मोर्या सर ने ' साम-दाम-दंड-भेद' अपनाते हुए सभी विद्यार्थियों को हॉस्टल में खदेड़ दिया था।

मगर गांधी हाउस, नेहरू और शास्त्री हाउस के सामने पटाखों के धमाके हो ही रहे थे।

जिसका फायदा उठाकर सुभाष हाउस के के बच्चे पुनः में मैदान उतर आए और आतिशबाजी में जुट गए।

हिदायत के अनुसार हमारे हाउस के बच्चे, धीरे-धीरे घोंसलों में लौट रहे थे ।

जूनियर सब अंदर आ चुके थे । हास्टल का आधा गेट बंद हो चुका था,मगर बाजीराव,मैं,पवन और अन्य सीनियर अभी भी मैदान में डटे हुए थे ।

इसी बीच मौका देख कर हम तीनों (पवन, मैं और बाजीराव), मौर्या सर और प्रसाद सर के बंगले की ओर हाथ में सुतली बम लेकर बढ़े ।

सुतली बम विशेष था ......जिसकी बारूदवाली बाती पर एक लंबी-सी अगरबत्ती लपेटी हुई थी ।

इसी बीच मौका देख कर हम तीनों (पवन, मैं और बाजीराव), मौर्या सर और प्रसाद सर के बंगले की ओर हाथ में सुतली बम लेकर बढ़े ।

सुतली बम विशेष था ...... जिसकी बारूदवाली बाती पर एक लंबी-सी अगरबत्ती लपेटी हुई थी।

हम लोग, एक सुतली बम मौर्या सर की खिड़की पर और और दूसरा प्रसाद सर की खिड़की पर सजा कर और अगरबत्ती को जला कर,पीछे के दरवाजे से हास्टल में लौट आएं थे ।

हास्टल का पिछला दरवाजा बंद करने की ड्यूटी, रोस्टर के हिसाब से शास्त्री हाउस के पास ही थी ।

जैसे हम लोग लौट आएं हमारे बाकी साथी जो अभी तक दिखावटी दिवाली खेल रहे थे,वे भी हास्टल में लौट पड़े ।

शास्त्री हाउस के लगभग सभी अनुशासित और दिखावटी अनुशासित विद्यार्थी हास्टल में लौट चुके थे......... अपने बिस्तर पर एक नींद के लिए ।

और बाकी हाउस के बच्चे अभी भी पटाखे फोड़ रहे थे..... समय सीमा के बाद भी ।

धमाधम बम फूट रहे थे..... हर धमाके पर हमारी धड़कन तेज होती थी और कुछ अरमान भी उछाल मार रहे थे ... और वह भी एक डर की छाया में ।

दस मिनट बाद , एकाएक धमाकों की आवाजें आनी बंद हो गयी ।

और कुछ पल की नीरव शांति के बाद .... एकाएक जूतों की 'ठप-ठप' आवाजें हमारे हाउस के सन्नाटे को चीर रही थी ।

हर आवाज के साथ जेहन में डर उफान मार रहा था । हमारे अंदर का चोर पकड़े, जाने के डर से घबरा रहा था ।

इसी बीच एक सिक्योरिटी गार्ड दौड़ कर हमारे हाउस में भी आया..... उसने लाइट जलाया और सभी सीनियर बच्चों को जगाकर नीचे ले गया ।

नीचे मैदान में सभी वार्डन और सिक्योरिटी गार्ड पहले से ही मौजूद थे और साथ में कुछ और शिक्षक और समय सीमा के बाहर पटाखे फोड़ने वाले विद्यार्थी जमे हुए थे ।

अपने अंदर के चोर को संभालते-सँभालते हम लोग भी वही पहुँच गए ।

पवन जम्हाई लेते हुए पहुंचा, मैं बाल सवारते हुए और बाजीराव आंख खुजाते हुए पहुंचा ।

हम सभी वही बाहर खड़े हो गए ..... नींद और उबासी भरी जम्भाई की एक्टिंग की करते-करते ।

सभी लोग गुस्से में थे और मौर्या सर और प्रसाद सर गुस्से से लाल-लाल हो चुके थे ।

उसी गुस्से में सिक्योरिटी गार्ड, हम लोगों को पूछ रहे थे कि मौर्या सर और प्रसाद सर की खिड़की पर बम किसने फोड़ा ?

हम लोग अनभिज्ञ की तरह देख रहे थे और वे सब आशापूर्ण नजरों से हम सब को ताक रहे थे.... और हम लोग संजय की ओर देख रहे थे या परख रहे थे, जो अपने साथियों के साथ और कुछ नेहरू और गांधी हाउस के विद्यार्थियों के साथ मुर्गा बना हुआ था।

मौर्या सर बता रहे थे कि किसी ने बड़ा बम फोड़ा है उनकी खिड़की पर....... जिससे उनकी खिड़की के कांच टूट कर बिखर गए ।

प्रसाद सर उनकी हां में हां मिला रहे थे।

साल समाप्त होने को आया था और अब तक बम फोड़ने वाले का सुराग नहीं मिला था ।

और इस वर्ष की अनुशासन की ट्राफी शास्त्री हाउस को मिली थी और बाजीराव को सर्वश्रेष्ठ कप्तान चुना गया था।

---------------------*------------------*-----------------

11. गिरगिट

दिवाली की छुट्टियां शुरु हो गई थी। बंटी, खैरी पहुंच गया था। उसके साथी उससे से मिलने आते थे: अमर,मुन्ना, टुन्ना और बाकी सब।

एक दिन उन्होंने छत की कवेलू की बैलगाड़ी बनाई और लकड़ी के बैलों को जोतकर घर के चारों ओर घुमा रहे थे । खेल-खेल में टुन्ना की नजर एक गौरैया पर गई। टुन्ना चहक उठा और तुतलाते हुए बोला, "भाई ! चिड़िया पतले क्या? सभी दोस्त खिलखिला उठे।

अमर: क्यों तुझे याद नहीं किया? बेटा! तू तो बच गया था........ . दादाजी के चक्कर में।

टुन्ना (सिर खुजाते हुए): हां ले! दादाजी ने बचाया था मुझे । सभी हंस पड़े ।

बंटी: काश! हमारी बैलगाड़ी में असली के बैल होते तो ?

टुन्ना:अले भाई !कितने बड़े होते हैं असली के बैल .... पता नहीं क्या ?

बंटी: अरे ! हमारी बैलगाड़ी यदि कोई जानवर खींचता था, चलाता था....... तो कितना मजा आता।

टुन्ना: हां ले ! हमारी बैलगाड़ी यदि कोई जानवर खींचता था तो कितना मजा आता ?

अमर: मुमकिन है । हमारी बैलगाड़ी को कोई चला सकता है।

बंटी और मुन्ना (आश्चर्य से.... एक साथ): कौन? कौन चला सकता है ?

अमर ने बगल की झाड़ियों में घूम रहे गिरगिट की ओर इशारा किया । सभी की बांछें खिल गई।

टुन्ना: मगर इसे पकड़ेंगे कैसे (तुतलाते हुए बोल पड़ा) ?

मुन्ना (सब को देखते हुए बोल पड़ा) : यह भी हो सकता है...मुमकिन हैं । कभी दूध निकालते समय गाय के पैर को बांधते हुए देखा है क्या ?

अमर: हां यार। रस्सी को ऐसा फंसाते हैं कि खींचने से वह फांस जैसे मजबूत से पकड़ लेती है।

टुन्ना : भाई! जल्दी पचड़ ना ले।

इतने में ही अमर ने एक लंबी लकड़ी उठा ली और बंटी घर से पतंग का धागा लेकर आया। अमर ने लकड़ी के सामने के सिरेपर पतंग का धागा मजबूती से बांध दिया.... फांस की तरह, जैसे गाय के पैर को बांधते हैं...... दूध दोहते समय ।

अमर, बंटी से बोल पड़ा: अपनी उंगली आगे बढ़ाओ । बंटी ने तर्जनी आगे बढ़ा दी, अमर ने उस में उंगली को फंसाया और एक झटके के साथ उसे ऊपर खींच लिया।

बंटी धीरे से कराह उठा: अरे! हाथ खोलो .... दर्द हो रहा है।

अमर: ऐसे ही फस आएंगे गिरगिट।

अब चारों फांस लेकर गिरगिट का पीछा कर रहे थे ।

गिरगिट वातावरण के अनुरूप अपने रंग को ढाल सकते हैं,इसलिए उसे ढूंढना थोड़ा मुश्किल होता है ...... मगर चारों अपनी धुन में गिरगिट को तलाशने लगे । झाड़ियों में गिरगिट अपने रंग को लगभग काँटों की तरह ढाल चुका था ।

बच्चों की आवाज सुनकर वह ..... चलने लगा इसीलिए वह नजर आ गया वरना उसे ढूंढना लगभग नामुमकिन था।

अमर ने धीरे से हाथ बढ़ाया..... मगर गिरगिट भी चालाक था, कंटीली झाड़ियों में छिप गया। अमर ने धीरे से फांस बाहर निकाला... वहां झाड़ियों के बीच, मदार के लाल रंग के फूल थे । उन झाड़ियों में पहुंचते-पहुंचते उसका रंग भी बदलने लगा था । बच्चे उस पर लगातार पैनी नजर बनाए हुए थे।

बंटी: अरे यह तो लाल-लाल कैसे हो गया ?

टुन्ना: वह जादूगल है... सब लंग बना सकता है औल वैसे भी इसने लंग नहीं बदला ... कपड़े बदले ।

सभी फिर हंस पड़े ।

अमर ने सब को शांत रहने की हिदायत दी । सब तुरंत ही शांत हो गए मगर इसी आपाधापी के बीच करीब 1 घंटा बीत चुका था । धूप भी अब तेज हो रही थी.... मगर बच्चे तपिश को महसूस नहीं कर पा रहे थे । इतने में अमर ने फांस उसके गले में डाल ही दिया और एक झटका देकर लकड़ी को ऊपर खींचा । गिरगिट फंस चुका था ।

सभी बच्चे सफलता का जश्न मनाते हुए नाच रहे थे ।

इतने में बंटी चीख पड़ा: अरे! हल्ला मत करो.... दादाजी आ जाएंगे।

बच्चे जानते थे कि दादाजी गिरगिट को छोड़ने की वकालत करेंगे इसीलिए वे पुनः सब शांत हो गए।

गिरगिट फांस में ही था .... उसे जमीन पर चला रहे थे । गिरगिट बचने की नाकाम कोशिश कर रहा था,इसलिए कभी वह बायी और तो कभी दायी ओर तेजी से मुड़ता और आगे बढ़ता ।

मगर उसकी कोशिश नाकाम थी । टुन्ना आंखें गढ़ा-गढ़ा कर उसे देख रहा था । गिरगिट की हलचल उसे मुग्ध कर रही थी।

वह अचानक बोल पड़ा : कितना मस्त नाचता है ?

बंटी: :यह कोई नाच हैं ?

बंटी का बुझा हुआ चेहरा देखकर , मुन्ना बोल पड़ा: क्या इसका नृत्य देखोगे?

सभी बच्चे खुशी से झूम उठे :हां हां देखेंगे .. बहुत मजा आएगा ।

मुन्ना ने बंटी और टुन्ना के कान में कुछ कहा ।

वैसे ही वे दोनों सड़क की ओर भाग गए । दोनों इधर उधर नजरें घुमा रहे थे और नजरें घूमते-घुमाते चौराहे पर पहुंच गए ।

कुछ लोग चौराहे पर बैठे थे..... कुछ लोग खेत से लौट रहे थे । दोनों , सभी को निहारने लगे ।

अचानक बंटी ने टुन्ना को इशारा करते हुए कहा: वह देखो ।

और वैसे ही दोनों उस दिशा में दौड़ पड़े वहां एक आदमी बीड़ी पीता हुआ धीरे-धीरे आगे बढ़ रहा था और यह दोनों छुपछुप कर उसका पीछा करने लगे ।

करीब दो-तीन मिनट के बाद उस आदमी ने बीड़ी नीचे फेंक दी और आगे बढ़ा । जैसे ही उसने बीड़ी फेंकी, बंटी और टुन्ना लपक पड़े और बीड़ी का वो टुकड़ा लेकर भागे.... सीधे अमर और मुन्ना के पास।

अमर(गुस्से में): कितनी देर लगा दी तुमने ?

मुन्ना ने उसे शांत किया और बीड़ी को तोड़कर उसके अंदर की सुखी तंबाकू, एक सीताफल के पत्ते के ऊपर जमा कर दी।

मुन्ना ने अमर से कहा, "इसकी गर्दन हल्के से दबाओ।" अमर ने छोटी सी लकड़ी की मदद से जैसे ही गर्दन दबा दी, गिरगिट ने मुंह खोल दिया ।

मुन्ना,तंबाकू के पत्ते उसके मुंह में डाल रहा था । लेकिन मुंह छोटा था और पत्ते सूखे थे, जो अंदर नहीं जा रहे थे इसीलिए उंगली से धकलने की कोशिश कर रहा था..... कुछ पत्ते उसके मुंह में चले गए।

अमर बोला : हो जाएगा क्या ?

मुन्ना बोल पड़ा, "एक बार और खिलाते हैं।"

अमर ने फिर हल्के से उसकी गर्दन पर जोर डाला ...... गिरगिट ने फिर मुंह खोला ।

मुन्ना, तंबाकू का एक और छोटा सा टुकड़ा उसके मुंह में डालने की कोशिश कर रहा था ।

इसीबीच एक मच्छर, अमर के गर्दन के आसपास मंडरा रहा था । अमर का ध्यान अब मच्छर पर था । एकाएक मच्छर उसकी गर्दन पर बैठ गया ।

अमर ने जिस हाथ से गिरगिट की गर्दन पर जोर दिया था, उसी हाथ से उसे भगाने की कोशिश की । मच्छर तो दूर गया मगर मुन्ना चीख पड़ा, "गिरगिट ने काट दिया.... गिरगिट ने काट दिया।

अब टुन्ना भी रो रहा था, "थून.....निकल रहा है...भाई का थून निकल रहा है (खून निकल रहा है...भाई का खून निकल रहा है)।

हुआ यूं कि ....अमर की लकड़ी के दबाव में गिरगिट का मुंह खुला था । मगर जैसे ही मच्छर भगाने के लिए उसने हाथ उठाया,गिरगिट ने मुन्ना की उंगली को दबोच लिया ।

उंगली से खून निकल रहा था।

इसी बीच दादाजी दूर से आते हुए दिखे । टुन्ना दौड़ कर उनके पास पहुंच कर रोने लगा, " दादाजी भाई का थून निकल रहा है।" और फिर जोरों से रोने लगा।

दादा जी: थून .... क्या थून...बेटा ?

दादाजी उससे पूछने लगे ।

टुन्ना: लाल...... लाल थून.....दादाजी।

दादाजी बस इतना समझ पाए कि कुछ तो गड़बड़ हुई है इसलिए वे भी तेजी से झाड़ियों के पास पहुंच गए।

मुन्ना -बंटी- अमर- गिरगिट और तंबाकू देखते ही,वे सारा माजरा समझ गए। उन्होंने झट से फांस को तोड़कर गिरगिट को मुक्त किया और मुन्ना को पकड़कर डॉक्टर के पास ले गए।

डॉक्टर के पास पहुंचते ही दादाजी बोले, " इन लोगों ने एक बेजुबान गिरगिट को बांधकर रखा था.... उसने अपनी रक्षा में मुन्ना को काट दिया।

मुन्ना(रोते हुए) : क्या वह जहरीला था?

डॉक्टर: यकीनन वह जहरीला था ।

फिर दादाजी बोल पड़े: इसे तीन इंजेक्शन लगाइए।

मुस्कुराते हुए डॉक्टर साहब बोल पड़े: तीन से क्या होगा.... गिरगिट कुत्ते की तरह विषैला होता है... इसे चौदह इंजेक्शन लगेंगे।

अब रोने की बारी पुनः मुन्ना की थी ...सभी बच्चों के चेहरे उतर चुके थे ।

बंटी भी अविराम रो ही रहा था।

बंटी रोते-रोते बोल पड़ा: इस बार एक ही इंजेक्शन दे दीजिए.... अगले बार चौदह दे देना।

डॉक्टर और दादाजी मुस्कुरा रहे थे।

डॉक्टर: यदि आप लोग वादा करो कि किसी बेजुबान जानवर को परेशान नहीं करोगे, तब अच्छावाला एक ही इंजेक्शन दे दूंगा।

सभी ने वादा किया कि आइंदा में ऐसी हरकत नहीं करेंगे । दादाजी ने भी समझाया कि यह कानूनी अपराध है और आप लोगों को पुलिस भी पकड़ सकती है।

सभी ने, किसी बेजुबान को परेशान नहीं करने की कसम दी।

---------------------*-------------------*-----------------

12- रूप निखार

एक मोहल्ले में एक कौवा और एक हंस रहता था । कौवा काला था और उसे अपने काले रंग से कुछ ज्यादा ही शिकायत थी ।

जबकि हंस सफेद और सुंदर था लेकिन उसे ना अपनी शरीर से शिकायत की और ना ही कोई घमंड।

शादी का मौसम था और कौवा इस साल अपनी गृहस्थी बसाना चाहता था । मगर इस साल उसके अथक प्रयासों के बावजूद भी कहीं उसका रिश्ता तय नहीं हो रहा था । वह इसके लिए हंस को जिम्मेदार ठहराने लगा क्योंकि उसे लगता था कि पड़ोसी हंस ज्यादा सुंदर होने की वजह से उसके रिश्ते हाथ से निकल जा रहे हैं ।

हंस ने समझाने की बहुत कोशिश की मगर वह समझ नहीं पा रहा था ।

हार कर हंस ने उसे कहा कि बाजार में बहुत सी चीजें उपलब्ध है, जिससे वह अपना रूप निखार सकता है । यह बात उसे जम गयी और उसने निश्चय किया कि वह अपने रूप निखारने पर काम करेगा।

अगले दिन वह पड़ोस की दुकान पर गया जिसका मालिक एक बंदर था।

बंदर शातिर था।उसने कौवे की कमजोरी को भांप लिया था ।

बंदर ने कहा कि,"आजकल 'डेयर एंड वाइल्डसम' फेयरनेस क्रीम बहुत चल रही है" ।

बन्दर की बात सुनते ही वह "डेयर एंड वाइल्डसम" के पाउच को लेकर उड़ गया । इधर बंदर पैसे नहीं मिलने से उसे गाली देने लगा और उसे कोसने ने लगा कि, "बिना पैसे दिए तो तुम्हारा रूप नहीं निखरेगा" ।

यह बात कौवे के कान में तो पहुंची मगर उसने कोई तवज्जो नहीं दी।

अब कौवा दिन में चार बार क्रीम को मलने लगा ।

एक हफ्ते में भी जब कुछ असर नहीं नजर आया तो उसे एहसास हुआ कि पैसे ना चुकाने से शायद क्रीम असर नहीं कर रहा है और उसे बंदर के शब्दों की ताकत याद आने लगी । उसने अपनी गलती सुधारने के लिए बंदर से हाथ-पांव जोड़कर माफी मांगी और दुगने पैसे चुकाए।

अब चालाक बंदर ने उसे सलाह दी कि सिर्फ "डेयर एंड वाइल्डसम" अकेले काम नहीं करेगी इसलिए उसे 'फियर्स' साबुन का भी इस्तेमाल करना होगा जो थोड़ी सी महंगी है ।

अब कौवा डेयर एंड वाइल्डसम' और 'फियर्स' का इस्तेमाल करने लगा ।

एक हफ्ते बाद उसे कुछ नजर नहीं आया तब वह अपने टीवी में विज्ञापन देखने लगा । कपडे धोने की 'फाइट साबुन' का विज्ञापन देखकर और कपड़ों की सफेदी देखकर वह स्वयं भी चौक गया ।

वह पुनः बन्दर के पास गया । बन्दर ने उसे फाइट साबुन की ताकत पर भरोसा रखने को कहा ।

इधर हंस भी कौवा और बंदर की दोस्ती से अचंभित था । वह भी चुपके-चुपके उस पर नजर रखने लगा ।

कौवा हर दूसरे दिन 'फाइट साबुन' से नहाता और बाकी दिन 'फियर्स' साबुन से नहाता तथा दिन में छह बार "डेयर एंड वाइल्डसम" पोतने लगा।

साथ ही वह दिन भर आईना देखने लगा । आजकल उसे आईने पर भी शक होने लगा क्योंकि उसे रूप में निखार नजर नहीं आ रहा था । इसलिए उसने बंदर की दुकान से एक नया आईना खरीद कर घर में लगाया । मगर अभी भी उसे मनचाहा परिणाम नहीं मिल रहा था।

उसने बंदर की मदद से ज्योतिषी की सलाह ली । पैसे लेकर एक ज्योतिषी ने नहाने और क्रीम लगाने का मुहूर्त भी दे दिया । कौवा अब आश्वस्त था कि उसकी मंजिल अब दूर नहीं ।

इधर हंस ने उससे बात करने की कोशिश की... मगर सब नाकाम रही।

दूसरी ओर कौवे ने बन्दर को हंस के बारे में बताया और उसने कहा कि, "कहीं तुम्हारी आनेवाली सुंदरता को देखकर हंस घबरा तो नहीं रहा है ?"

कौवा तपाक से बोला, "शायद ऐसा ही है।"

और दोनों जोर जोर से हंसने लगे।

इधर बंदर की दुकान में एक नई वॉशिंग मशीन आ चुकी थी मगर अब तक कोई खरीददार नहीं मिला था।

वाशिंग मशीन की कंपनी से पैसे चुकाने के लिए बंदर पर दबाव बढ़ रहा था, साथ ही वाशिंग मशीन बेचने का लाइसेंस जप्त होने की धमकी भी मिल रही थी।

बंदर को डर लग रहा था कि कहीं कंपनी उसे ब्लैकलिस्ट ना कर दे । इसीलिए अगले दिन उसने वॉशिंग मशीन पर ' टॉम क्रूज़ ' के स्टीकर चस्पा दिए जिसके हाथ में "डेयर एंड वाइल्डसम' क्रीम थी ।

कौवा, आज फिर बंदर के पास पहुंचा था । बंदर, कौवे को रूप निखारने की पर बधाई दे रहा था उसकी बातें सुनकर कौवे को भी एहसास हुआ कि शायद वह निखर रहा है ।

लेकिन कौवा 'शादी का मौसम' चला ना जाए इसलिए डर रहा था।

उसने यह समस्या बंदर को बताई।

बंदर ने तपाक से कहा, "तुम वॉशिंग मशीन की मदद क्यों नहीं लेते ?"

कौवा डर गया, और बोला " कहीं फंसकर मैं मर ना जाऊं ?"

बंदर बोला, "तुम्हें मशीन 30 सेकंड ही चलाना है, उससे काम बन जाएगा।"

कौवा बोला, "मैं तो अंदर ही रहूंगा...फिर मशीन चलाएगा कौन?"

बंदर (शाहरुख़ खान की स्टाइल में): " मैं हूं ना"।

बन्दर झूम उठा ।

उसके मस्तिष्क में शादी के ढोल बजने लगे । उसने तुरंत वॉशिंग मशीन खरीदी और बंदर से कहा, " चलो तुरंत अमल करते हैं।"

बंदर बोला: "इस समय दुकान बंद करने से मेरा बहुत नुकसान हो जाएगा।"

कौवा बोला: " दोस्त के लिए इतना भी नहीं कर सकते हो क्या ?"

बंदर बोला :"दोस्ती अपनी जगह है और व्यापार अपनी जगह।"

कोव्वे ने 2000 का नोट तुरंत उसकी जेब में डाला।

दोनों, कौवे की घर की ओर चल पड़े थे । दूर कोने से हंस ने उन दोनों को वाशिंग मशीन के साथ घर के अंदर जाते हुए देख लिया ।

वह चुपके से पीछा करने लगा ।

बंदर और कौवे ने साबुन का घोल बनाया । कौवा मशीन के अंदर घोल में तैरने लगा । बंदर ने ढक्कन बंद किया और मशीन चला दी ।

अंदर कौवा जोरो से घूमने लगा।

उसका दम घुटने लगा था वह चीख भी नहीं पा रहा था । उसे लगा कि अब वह बिना शादी के ही मरेगा ।

उसी समय वहां हंस पहुंच गया उसने तुरंत मशीन बंद कर दी और बंदर के सिर पर जोरदार चोंच दे मारी।

कराहते हुए बंदर वहां से भाग गया ।

हंस ने ढक्कन खोला और कौवे को बाहर निकाला ।

कौवा खून से लथपथ था मगर फिर भी खुश था कि वह अभी भी जीवित है और उसके पास शादी के अवसर अभी भी मौजूद है।

हंस ने उसका प्रथम उपचार किया ।

कौवे ने हंस से माफी मांगी और पुनः रूप निखार के पीछे, नहीं भागने का वचन दिया।

(कृपया ध्यान दे : डेयर एंड वाइल्डसम, 'फियर्स' साबुन और 'फाइट साबुन' का फेयर एंड हैंडसम, पिअर्स और टाइड से कोई लेना देना नहीं है। इस कहानी का उद्देश्य किसी की भावना दुखाने से नहीं है वरन मनोरंजन मात्र हैं।)

---------------------*------------------*-----------------

13- अछूत लकड़हारा

i

सन 2040.........

अछूत लकड़हारा था ।

ग्रीष्म ऋतु तो आई नहीं थी..... मगर मौसम में गर्माहट आ चुकी थी।फरवरी में ही अप्रैल का मजा आने लगा था । कूलर, AC शुरू हो चुके थे मगर ढंग से काम नहीं कर रहे थे।गांव में , शहर की गरम हवा चलने लगी थी । अमीर तो हिल स्टेशन के बारे में सोचने लगे थे.... मगर वहां कितना समय गुजार पाएंगे यह प्रश्न था। सामान्य आदमी आसपड़ोस में हरियाली की तलाश करने लगे थे ।

ट्रेन,भिलाई से चल पड़ी थी,पर इस का AC ठीक से काम नहीं कर रहा था । 'सालेकसा' के विलुप्तप्राय जंगलों के पास ट्रेन की चेन खींची गई, क्योंकि सामने कुछ हादसा हुआ था।

ध्रुव,अपने दादाजी के साथ हवा का झोंका लेने के लिए बोगी से नीचे उतरा। वह जीवन में पहली बार बीच रास्ते में ट्रेन से उतरा था । नीचे उतरते-उतरते आसमान में उसने कुछ चीजों को उड़ते हुए देखा और एकाएक को चिल्ला उठा, " दादू! देखो आसमान में कितने सारे ड्रोन है।" ऐसा नजारा उसने पहली देखा था।

दादू (मंद मंद मुस्कुरा रहे थे): बेटा ! ड्रोन...... यह ड्रोन तो है, मगर इंसान के नहीं वरन भगवान के है या कह सकते हो प्रकृति के हैं।

भगवान के ड्रोन के बारे में सुनकर वह अचंभित था । उसने अगला सवाल दागा, " क्या इनके पास कैमरा है ?

दादू: बेशक।

ध्रुव: यह क्या जानकारी इकट्ठा करते हैं ?

दादू: यह प्रकृति, हवा, पानी इनके ठिकाने बताते हैं । तुम NATGEO में जो चिड़िया देखते हो.......... यह वैसे ही है ।

ध्रुव: क्या सच में?

दादू: बेशक।

ध्रुव: चलो ना..... इनका पीछा करते हैं ?

दादू: नहीं बेटा.... इसमें बहुत समय लगेगा।

ध्रुव: प्लीज दादू । हम लोग गोंदिया तो बाद में जा सकते हैं.... कभी भी जा सकते हैं... चलो ना एक बार इनको देख कर आते हैं।

दादू, ध्रुव की ज़िद और पहली बार गैजेट के बाहर की दुनिया देखने की इच्छा देखकर प्रसन्न हुए । उन्होंने सोचा समय जाएगा तो जाने दो.... पैसा जाएगा तो जाने दो, पसीना जाएगा तो जाने दो... मगर हो सकता है, ध्रुव कुछ नया पाए।

दोनों बैग उठाकर चल पड़े..... पंछियों की ओर... पैदल... पैदल..... बस पैदल।

सूखे पेड़, कुछ कंटीली झाड़ियां देखकर, ध्रुव फिर पूछने लगा, "दादू ! ऐसे पेड़ क्यों है? अमेजॉन और अफ्रीका के जंगलों में कितने बड़े, कितने घने पेड़ होते हैं? फिर यह ऐसे क्यों है ?"

दादू, पहले हंसे और फिर उनकी आंखों में कुछ नमी आ गई और बोले," बेटा ! पहले ऐसे जंगल यहां भी हुआ करते थे । मगर नए कारखाने और घर बनाने की होड़ से इनका सफाया हो गया है।"

थोड़ा आगे बढ़े ही थे कि कुछ हरे वृक्ष, कटे हुए ठूंठों के बीच में दिखाई दिए। अचानक हिरण भागते हुए दिखे...उन्हें देखकर ध्रुव की आंखें चमक उठी। वह चहक उठा, " चलो दादू! इनका पीछा करते हैं"।

दादू: हो सकता है... इधर कुछ जंगल अभी भी शेष हो।

ध्रुव: सच में क्या?

दादू: बेशक।

दोनों आगे बढ़े... हवा का झोंका दस्तक दे रहा था..... ध्रुव फिर चहक उठा, " दादू ! AC जैसा लग रहा है ना?"

दादू: यह भगवान का AC है बेटे..... जिसे इंसान ने ध्वस्त कर रखा है।"

ध्रुव को प्यास लगी थी.... पानी की बोतल भी समाप्त हो चुकी थी । दादू बोले, "हो सकता है इधर कुछ जलाशय होगा.........शायद ?"

थोड़ा और आगे बढ़ने पर उन्हें आश्चर्य चकित करने वाला दृश्य दिखाई दिया ।

एक बूढ़ा व्यक्ति, एक बड़े पत्थर पर बैठा था और उसके आसपास कुछ हिरण,खरगोश और नीलगाय चर रहे थे । चिड़ियों की चहचहाट ने पूरा समां बांध रखा था ।

एकाएक ध्रुव चिल्ला उठा, " दादू पता है... यह लोग पापा के मोबाइल की रिंगटोन को कॉपी कर रहे हैं।"

दादू हंस पड़े, और बोले, “बेटा! तुम्हारे पापा इनकी रिंगटोन को कॉपी करते हैं.... हा-हा -हा.....ये नहीं करते....हा हा हा।

थोड़ी देर और आगे बढ़ने पर, वे उस बूढ़े बाबा के पास पहुंच चुके थे ।

निर्जन इलाके में यह 'दादा-पोता' की जोड़ी कहां से आ गई? यह सोचकर वो भी आश्चर्य से भरे हुए थे ।

ध्रुव ने पानी के लिए पूछा,तो उन्होंने दूर रखे घड़े की तरफ इशारा किया। उसने पानी पिया और अपनी बोतल भी भर दी ।

ध्रुव की प्यास मिट चुकी थी, मगर अब वह यह जानने को बेताब था कि यह बूढ़े बाबा इस जंगल में क्या कर रहे हैं । उसने बूढ़े बाबा से उनकी कहानी जाननी चाही ।

ii

बूढ़े बाबा की जुबानी

यह उन दिनों की बात है जब हमारे इलाके में छुआछूत अपने चरम पर था । छुआछूत मानने वाले को श्रेष्ठ और सहने वाले को निकृष्ट कहा जाता है ।

बचपन के रंग

मैं रामपुर का एक लकड़हारा था। नीची जाति की होने की वजह से लोग मुझसे मेल-मिलाप नहीं करते थे। लेकिन सबकी रसोई की अग्नि से,मेरी ही कुल्हाड़ी की खुशबू आती थी क्योंकि पूरे गांव में रसोई की लकड़ी मैं ही दिया करता था। मगर लोगों का पेट भरते ही, मैं उनके लिए 'अछूत' हो जाता।

लेकिन, हाँ ! भूखा पेट और बिना अग्नि का चूल्हा,मुझे ही पुकारता था।

भेदभाव की यह लपेट मेरे परिवार को भी झुलसा रही थी । मेरे बच्चों को खेलने के लिए दोस्त और मेरी पत्नी को बात करने के लिए पड़ोस नहीं मिल रहा था। सारा परिवार शहर जाने की जिद कर रहा था, क्योंकि उनको यकीन था कि शहर जाति भेद की सीमाओं से ऊपर है ।

मगर मुझे मेरे गांव की आबोहवा ही रास आती थी । अपना घर और गांव छोड़ना मेरी कल्पना से परे था । मेरा परिवार मुझे छोड़ कर चल दिया और मैं गांव में अकेला हो गया ।

धीरे धीरे मेरे गांव की आबोहवा बदलने लगी थी । चिट्ठियां अब SMS में, रेडियो अब मोबाइल में, लूंगी अब बरमूडा में तथा चूल्हे की लकड़ी अब एलपीजी में तब्दील हो चुकी थी और मैं बेरोजगार हो चुका था ।

मेरी बेरोजगारी ने मुझे समाज की खाद्य श्रृंखला से बाहर कर दिया था और इसी वजह से मैं अब पूर्णता 'अछूत' बन चुका था। अब लोग मेरी छांव से भी कन्नी काटने लगे थे।

अब, लोग मशीनों से पेड़ काटते थे और उन्हीं लकड़ियों से घर बनाने लगे थे ।

पेड़ की कमी ने ग्रीष्म ऋतु को बहुत ताकतवर बना दिया था । गर्मी जब चाहे, जिसे चाहे और जैसे चाहे पटक रही थी।

मेरी बेरोजगारी,मुझे महसूस करने लगी थी कि मुझे पेड़ काटने की सजा मिल रही है ।

जिस तपिश में, मैं दिन भर काम करके सुकून पाता था । अब वही तपिश मुझे डराती थी।

मैं, जैसे आगे बढ़ता या कहीं जाने को होता, तो मुझे पेड़ के कटे हुए ठूंठ दिखाई देते थे। आजकल, यह कटे हुए ठूंठ मेरे सपने में भी आते थे और मुझे सोने भी नहीं दे रहे थे । और तो और मेरे सपनों में चिड़िया-पंछी मेरे इर्द-गिर्द घूमते रहते, मुझे नफरत और गुस्से की आंखों से घूरते और मेरे इतना ही नहीं वे इर्द-गिर्द ही 'विष्ठा' करते ।

अब मुझे रात-रात भर नींद नहीं आती और मैं नींद के लिए तड़पने लगा था....... और मेरी तड़फ बढ़ ही रही थी और परिवार की तनहाई मुझे जला रही थी ।

मुझे मेरे परिवार का अतापता भी नहीं था और मुझे उनके पास जाने की इच्छा भी नहीं थी। मैंने निश्चय किया कि अब मैं जी नहीं पाऊंगा । इसलिए मैं जंगल में जाकर या वीराने में जाकर किसी पशु का आहार बनना चाह रहा था ।

इस निश्चय के साथ, मैं इन विरान जंगलों की ओर बढ़ने लगा .... मगर मुझे मौत भी नसीब नहीं हो रही थी ।

मैं और मेरे साथी कब का जंगल को कुल्हाड़ी का आहार बना चुके थे, और बचे हुए को मशीने काट चुकी थी । मैं चलते- चलते थक गया.....मगर ना मुझे जंगल मिला ना पशु जो मुझे मुक्ति दे सके ।

मैं थककर चूर हो गया । अब,मुझे पानी की प्यास सताने लगी । प्यास की आग ने मेरे मरने के प्रण को भी कमजोर कर दिया था । मैं अब पानी पीकर ही मरना चाहता था, मगर अब पानी भी नहीं था ।

मैं बेदम होकर यहीं-कहीं गिर पड़ा । यहां मेरे अगल बगल में कुछ चिड़ियां पड़ी हुई थी....जो तड़प रही थी। शायद उन्हें भी प्यास लगी थी और मैं कुछ देर बाद वही बेसुध होकर गिर पड़ा।

बचपन के रंग

सुबह-सुबह जब मुझे होश आया तब बारिश की बौछारें मेरे ऊपर पड़ रही थी ।

मैं, पूरी शिद्दत से मुंह फाड़ कर पानी पीना चाहता था । मेरा मन कर रहा था कि कूदकर या उड़कर बादलों को ही मुंह लगाकर अपनी प्यास बुझा दूँ, मगर मेरे पास उतनी शक्ति भी नहीं थी ।

मैंने पत्तों पर पानी जमा करना और फिर पीना शुरू किया।धीरे-धीरे, मुझे जिंदा होने का एहसास हो रहा था। मेरे बगल में ही कई पंछी गिरे पड़े थे । मैं पत्तों में बारिश का पानी जमा कर उनको पिलाने की चेष्टा करने लगा । मगर इससे कुछ लाभ नहीं हो रहा था क्योंकि उन सब का टिकट तो कट चुका था ।

मैं, उन सभी के मुंह पर पानी गिरा रहा था। मेरी आत्मा, उनकी आत्मा को पुकार रही थी, और उनके जागने की याचना कर रही थी । बारिश की बूंदों से भी बड़े-बड़े मेरे आंसू बह रहे थे।

मैं रोते-रोते चिड़ियों के मुंह पर पानी गिरा रहा था कि एक चिड़िया हिलने लगी।

थोड़ा और पानी देने पर वह पंख फड़फड़ाने लगी । मेरी हिम्मत पुनः जिंदा हो गई....... मेरी जेब में कुछ दाने पड़े थे। मैंने उसके आगे कुछ दाने फेंक दिए । वह दाना चुगने लगी। मैंने भी कुछ दाने खुद खाएं । दाना खाते-खाते मेरी सोच में बदलाव आ रहा था । मैं अब दूसरी तरह का लकड़हारा बनने लगा था...... बिल्कुल ही दूसरा।

अब मेरे मरने की भूख भी मर चुकी थी और पेट की भूख भी । लेकिन एक नई भूख ने मेरे अंदर जन्म लिया था............मेरे जेहन में ।

एकदम पहली बार ऐसी भूख लगी थी.... कुछ करने की भूख ।

अब मैं जीना चाहता था और सब को जिलाना चाहता था.... पेड़ों को, कटे ठूंठों को ....पंछियों को।

पुष्पेय

मैं,जलाशय को खोदना चाहता था, उसे गहरा करना चाहता था । मगर मुझे सूखी लकड़ियों से कोई मदद नहीं मिल रही थी ।

मैंने,जंगली फल-फूल पर अपनी जीविका निर्धारित की ।

अगले दिन पुनः वापस अपने गांव आ गया ।

गांव से जमीं खोदने के लिए औजार, कुल्हाड़ी, कुल्हड़, फलों के सूखे बीज ले आया । यहीं, इसी बरगद के नीचे मैंने अपना ठिकाना बनाया।

अगले दिन से मैं जलाशय को गहरा करने के लिए मेहनत करने लगा और सूखे बीजों को गीली मिट्टी में लपेटने लगा ।

मैंने एक कोने में एक क्यारी भी तैयार की जिसमें नई पौधे तैयार करने की व्यवस्था बनाने लगा। जलाशय के एक किनारे मैंने बड़ा-सा गड्ढा तैयार कर उसमें कचरा, पत्ते, जानवरों का गोबर इकट्ठा करने लगा।

समय गुजरने लगा। मेरी झोपड़ी के आसपास खरगोश,गिलहरी, गिरगिट घूमने लगे ।

मैं भोर में जलाशय के लिए काम करता और दिन में बीजों को तैयार करने लगा, तो शाम को अपनी क्यारी में नए पौधे पर काम करता।

दिन गुजरने लगे..... मानसून की एक दस्तक हुई और मेरे अरमान फिर उफान मारने लगे।

मैं, एक विशाल इलाके में गड्ढे कर फलों के बीज और नए पौधे लगाने लगा ।

बरसात का मौसम आया..... और जलाशय भरने लगा और जलाशय का पानी देखकर जंगली जानवर इकट्ठा होने लगे।

समय की लुकाछिपी के साथ वे सब आपस में घुल-मिल गए ।

समय गुजरता गया और पेड़ बड़े होने लगे और मेरी झोपड़ी के बगल का बरगद धूप में और बरसात में छाते का काम करने लगा । गर्मी के दिनों में इसी की छाया में सभी जानवरों का मेल मिलाप होने लगा.....इसी पेड़ के नीचे । और इसतरह जंगल में पेड़ों की भीड़ बढ़ने लगी ।

III

दादाजी और ध्रुव, बूढ़े बाबा को सुन रहे थे रहे थे और ध्रुव, अपने मन के टेबलेट पर बूढ़े बाबा की एचडी मूवी का आनंद ले रहा था । ध्रुव ने पहली बार इतना बड़ा बरगद देखा था । लकड़हारे ने अपने पास के फल फूल ध्रुव को खाने के लिए दिए । दादाजी के कहने पर ध्रुव ने बूढ़े बाबा के पैर छूकर आशीर्वाद दिया ।

एक समृद्ध घर का बच्चा, एक अछूत लकड़हारे के पैर छू रहा था.....यह उस लकड़हारे के लिए नया अनुभव था .....उसकी आंखों से अश्रुधाराएं बह रही थी, शायद .....छुआछूत की दीवार गिरने की।

जब दादाजी ने उसे गले लगाया है तो उसने सालों बाद किसी इंसान स्पर्श को महसूस किया था।

पुष्पेय

दादाजी और ध्रुव, गोंदिया लौटे । दादाजी ने अपने दोस्तों को और ध्रुव ने अपने क्लास टीचर को यह दास्तान सुनाई।

अगले रविवार सब लोग पहुंचे..... बूढ़े बाबा के पास।

ध्रुव को देखकर बूढ़े बाबा को उसके चेहरे में अपने बच्चों का चेहरा याद आ रहा था। उसे लग रहा था कि उसके पोता-पोती दुनिया में कहीं होंगे तो ध्रुव की तरह होंगे ।

बूढ़े बाबा का वीडियो,ध्रु व ने यूट्यूब पर पहुंचा दिया जिसे देखकर राज्य सरकार भी जाग गई और सरकार बाबा के पास पहुंच गई।

अब, प्रदेश में उसी तर्ज पर काम होने लगा और दादाजी को लगा कि अगले कुछ सालों बाद गर्मी से भागकर किसी को हिल स्टेशन जाना नहीं पड़ेगा।

----------------------*--------------------*------------------

14- नवोदय हॉस्टल का नाश्ता

हॉस्टल या विद्यार्थी गृह...... मतलब ऐसी जगह जहां पचास फ़ीसदी लोग बड़ी खुशी से जिंदगी का आनंद उठाते हुए जीते हैं और बचे हुए पचास फ़ीसदी जिंदगी का बोझ ढोते हुए।

मैं, कक्षा छठवीं में 'जवाहर नवोदय' में दाखिल हुआ था यानी कि हॉस्टल में...एक शानदार एहसास के साथ । जिस में दर्द भी शामिल था और खुशी भी । दर्द, आई-बहन-भाई से दूरी का और खुशी, पिता के मिलिट्री शासन से छुटकारा पाने का ।

विद्यार्थी गृह में काफी नियम हुआ करते थे और मुझे किसी नियम से कभी कोई परेशानी या परहेज नहीं था क्योंकि मैं उससे भी अधिक और कठिन नियमों का पालन घर में करता था । यहां तो मुझे सुकून मिल रहा था...... और कुछ आजादी का एहसास भी था । कभी सुकून इसीलिए मिलता था कि कुछ लोग नियम पालन करते-करते परेशान हो रहे थे और कभी सुकून इसीलिए भी मिलता था कि मुझे कोई परेशानी नहीं हो रही थी ।

हम लोग सुबह साढ़े पांच तक उठते और सभी एकसाथ व्यायाम के लिए मैदान पर पहुंचते.... फिर स्नान.... फिर सामुदायिक नाश्ता।

स्कूल में नाश्ते का समय साढ़े सात से साढ़े आठ का था । वैसे भी यह समय मनोरंजन की पोटली हुआ करता था क्योंकि इसी दौरान, व्यायाम की मनोरंजक बातें और गप्पे लड़ाने मिलता था।

मेरे साथ मेरे दो नए दोस्त थे.. पवन और संदीप ।

वैसे भी हम तीनों की दोस्ती की वजह कुछ अलग थी।

पुष्पेय

हम लोग अक्सर किसी भी पंक्ति में आसपास ही बैठते थे.... जब कुछ बट रहा हो जैसे मिठाई या पिटाई, ड्रेस,जूते इत्यादि । कक्षा में भी बैठने की व्यवस्था हम लोगों की आस पास ही हुआ करती थी ।

नवोदय की लगभग हर व्यवस्था में हम लोग हमेशा आगे ही रहते थे क्योंकि हम लोग उस श्रेणी के विद्यार्थी थे जिनकी ऊंचाई कक्षा में सबसे कम हुआ करती थी । कक्षा में पीछे बैठने से पीछे बैठने से या पंक्ति में पीछे खड़े होने से न शिक्षक हमें देख पाते और ना ही हम शिक्षकों को । हमारी इन्हीं समानताओ के चलते ... हम लोग दोस्त बने थे।

संदीप एक शानदार चित्रकार था, जो अक्सर जेब में क्रेयॉन या रंगीन पेंसिल लेकर घूमता । पवन खुराफाती था, जो अक्सर जेब में कंचे और लोहे का छर्रा लेकर घूमता है और मैं खराब चित्रकार और ठीक-ठाक खुराफाती था ...... जो जेब में गेंद लेकर घूमता।

कम ऊंचाई के वजह से हमें अच्छा और स्वादिष्ट नाशता भी सबसे पहले चखना पड़ता और बेस्वाद वाला भी । पंक्ति में पीछे खड़े बच्चे,हम लोगों की शक्ल देख कर नाशते की गुणवत्ता निर्धारित करते और कितना लजीज होगा इसका अनुमान करते थे। साथ ही वे लोग नाश्ता कितना लेना है और कैसा समाप्त करना है, इसकी योजना भी बनाते ।

वैसे भी नाश्ता संपूर्ण समाप्त करने की योजना होना आवश्यक था क्योंकि आपके द्वारा फेंका गया, अन्न का एक भी दाना आप को इंसान से किसी पशु-पक्षी में तब्दील कर सकता था ।

नाश्ते के दौरान फिजिकल एजुकेशन (पी इ टी) के सर आपकी ओर हमेशा नजरें गड़ा कर ताकते रहते थे...... आपके चेहरे पर कम और आपकी थाली पर ज्यादा । फेंका हुआ अन्न आपको मुर्गा बनने की क्षमता रखता था और करीब 20 मिनट के लिए कुकड़ू कु करते हुए हॉस्टल की मेस के चक्कर लगाने के अवसर भी देता था।

हाल ही में, मेस में एक नए खानसामा की नियुक्ति हुई थी ..... 'अन्ना' ।

बचपन के रंग

अन्ना, हमेशा माइक टायसन की तरह बाल मुंडा कर रहता था इसीलिए उसे तबले वाला 'डग्गा' भी कहा करते थे....अक्सर।

'डग्गा ' आने से पहले,नाश्ते में रोटी-सब्जी, पूरी-चना, आलू-पोहा, सूजी का हलवा मिलता था और यही दोहराते रहता था....... शिवाय रविवार के ।

रविवार का नाश्ता तेल के पराठे और आलू की सब्जी हुआ करता था,जो हम सभी के लिए बेशकीमती था । सभी लोग उसे दो बार खाने की मंसूबे रखते थे क्योंकि तीन पराठे और सब्जी का स्वाद,पेट और मन दोनों की भूख शांत नहीं कर पाता था । कभी-कभी रविवार के नाश्ते के लिए भेस बदल की भी दोबारा पंक्ति में खड़े हो जाते थे।

'डग्गा' का घर,आंध्र प्रदेश की सीमा के पास था और इसीलिए उसे नाश्ते में सूजी का तीखा उपमा परोसना अच्छा लगता था । उसमें भी जो उपमा बनता था,वह हल्दी के संपर्क में आने से पीला तो पड़ जाता था मगर कुछ 'लट्ठे' कच्चे रह जाते थे । डग्गा आने के बाद से से कच्चे लट्ठे समाप्त करना भी एक नया उपक्रम बन गया था।

हम लोग करीब 75 बच्चे थे । इतने लोगों का खाना और नाश्ता साथ ही बनता था । कभी कुछ अन्न बच जाता, या कुछ गिर जाता था और इसी का फायदा उठाकर कुछ कुत्तों ने अपने परिवारों को भी वही बुला लिया था । साथ में कौवों की जमात भी वही मंडराती थी।

एक दिन,उपमा का लट्ठायुक्त नाश्ता, फिर नाश्ते की प्लेट में सज चुका था । तीन-चार गिलास पानी के जोर से भी वह पेट में नहीं उतर पा रहा था...... सबकी आंखें चुराकर 'पवन' ने उसे कुत्ते को परोसा..... कुत्ते ने झपट कर निगल लिया ।

पवन अपने कालर ठीक कर लिए और छाती फुलाते हुए.... एक हल्की सी कृत्रिम डकार लेकर बोल पड़ा, "अबे ! मेरा तो समाप्त हो गया..... तुम लोग जल्दी करो.... क्लास को लेट हो रहा है"।

वह छाती फूलाकर वह बोल ही रहा था कि अचानक बोलते बोलते चीख पड़ा, "आssssssssssई......ई।"

उसी समय किसी ने उसके कान मरोड़ दिए थे । संदीप और मैंने नजर उठा कर ऊपर देखा, तो सामने पीटी सर थे।

पी टी सर: " क्यों रे गधsssधे......नाश्ता क्यों फेंका?

पवन, "चुकी हो गयी सर।"

'चुकी हो गयी' ,यह 'गलती हो गयी' का मराठी से हिंदी में तत्भव रूपांतर था।

और अगले ही पल हमारा दोस्त इंसान से गधा बन गया था और गधे से मुर्गा बन कर कुकड़ू कु कर रहा था.......मेस के इर्द-गिर्द।

दो दिन बाद डग्गा ने फिर उपमा बनाया था....... वैसा ही कच्चा....... वैसा ही अधपका।

आज फिर वही समस्या सामने थी........ उपमा समाप्त करने की।

पी टी सर आसपास मंडरा रहे थे.... अपनी तेज- पैनी और मुस्तैद आंखों के साथ।

कुत्तों की जीभ लपलपा रही थी...... वह आशापूर्ण नजरों से पवन को देख रहे थे.... शायद उनको पवन पर कुछ ज्यादा ही भरोसा था।

संदीप और मैं भी इसी ताक में थे कि नाश्ता कैसे साफ करें ?

छत पर, कौवों का रेला लगा हुआ था और सबकी नजरें चुराकर संदीप ने उपमा का एक छोटा सा लड्डू बनाकर छत पर उछाल दिया । लड्डू नीचे गिर ही रहा कि एकाएक एक कौवे ने उसे अपनी चोच में लपक लिया।

हम तीनो,आश्चर्यमिश्रित ख़ुशी से एक दूसरे को निहार रहे थे....... यह तो एक नया तरीका था....... उपमा समाप्त करने का।

मैंने अगले लड्डू उछाला..... वह भी आसमान में लपका गया । 'डग्गा' का उपमा समाप्त किया गया वह भी बिना जमीन पर कोई निशान छोड़े ।

हम लोगों में से आज कोई भी मुर्गा नहीं बना था और ना ही गधा ।

इन्ही कौवों के भरोसे,पिछले कई दिनों से हम पूर्णता मानव ही बने हुए थे।

आज फिर 'डग्गा' ने उपमा बनाया था और हम लोगों के लिए अब यह कोई बड़ी मुसीबत नहीं रह गई थी बल्कि हम लोग खुश थे क्योंकि 'डग्गा' की वजह से हमें दो नए खेल खेलने मिल रहे थे ।

एक,' डग्गा ' के बनाया हुए नाश्ते से कौवों को कैच प्रैक्टिस कराना और दूसरा सर्वशक्तिमान पीटी सर की आंखों में धूल झोंकना।

आज पवन कुछ ज्यादा ही खुश था क्योंकि पीटी सर छुट्टी पर थे.... और कोई ताक-झांक करने वाला नहीं था।

आज पवन कौवों के साथ कुछ नया प्रयोग करना चाह रहा था और उसे रोकने वाला कोई नहीं था।

उसने उपमा का लड्डू बनाया और उसके अंदर ढेर सारा नमक डाला और उसे आसमान में उछाला। लड्डू फिर आसमान में लपका गया ।

मगर जो खारापन हम नमक की वजह से महसूस करते थे, वह खारापन कौवे ने महसूस नहीं किया था । पवन को उम्मीद थी कि ज्यादा नमक के चलते वह उल्टी करेंगे या फिर पानी पीने भागेंगे मगर वैसा कुछ हुआ नहीं था । वह दुखी हो गया.... मगर उसने हार नहीं मानी,बल्कि अबकी बार उसने मिर्च के टुकड़े उपमा में मिलाएं और लड्डू बनाकर आसमान में उछाल दिया । मगर कौवे उसे आनंद से लपक रहे थे... जिससे पवन के हाथ निराशा लग रही थी।

एकाएक उसकी नजर नीचे पड़े कंकड़ ऊपर गई। उसने एक छोटा सा कंकड़ उठा लिया और उसे उपमा में लपेटा और ऊपर उछाला ।

कांव-कांव करता हुआ कौवा आया..... झट से लपका..... फिर निगला और......... उसने अगले ही पल बाहर उगल दिया।

यह देख पवन की बांछें खिल गई....... खोई हुई खुशी लौट आई । अगले दो-तीन मिनट यह सिलसिला चल रहा था...... कंकड़ युक्त उपमा का लड्डू.... ऊपर उछालना....... कौवे का लपकना...... फिर उगलना और हम सबका खिलखिलाना।

अब जमीन पर कंकड़ नजर नहीं आ रहे थे...... हम लोग इस खेल को और खेलना चाहते थे..... मगर कंकड़ रूपी संसाधन समाप्त हो चुके थे । इसी बीच पवन चीख पड़ा, " अबे रुको! मेरे पास कंचे हैं।"

फिर क्या था....... कंकड़ की जगह कंचे..... फिर उपमा का लड्डू ऊपर उछालना कौवे का लपकना...... फिर उगलना और हम सबका खिलखिलाना।

इसी आपाधापी में कौव्वे ने एक कंचा उगल तो दिया मगर वह गंदी सी नाली में जा गिरा ।

पवन दुखी हो गया.... उसे कंचे बहुत प्यारे थे....मगर यह खेल भी उसे प्यारा था । उसने जेब से दो कांच के कंचे और एक लोहे का छर्रा निकाला । उसने कंचे और छर्रे का लड्डू बनाया और संदीप और मुझे थमाया और बोला, " तुम लोग यहां से फेंकना.... कौवा द्वारा उगला कंचा मैं लपक लूंगा।" यह तरकीब अच्छी थी.... हम दोनों को पसंद आ गई क्योंकि लड्डू फेंकने का मौका हमें मिलने वाला था।

अब संदीप के हाथ में दो उपमा के कंचे भरे लड्डू थे और मेरे पास एक ही लड्डू था जिसमें लोहे का छर्रा भरा हुआ था।

एकाएक संदीप ने लड्डू ऊपर उछाला... एक कौव्वे ने लपका..... निगला..... और फिर उगला।

कंचा नीचे गिरने वाला था कि पवन ने 'मोहम्मद अजहरुद्दीन' की तर्ज पर उसे हवा में लपक लिया । हम सब खिलखिला उठे क्योंकि योजना कामयाब रही थी । इसी बीच खुशी से दौड़ता हुआ पवन हमारे पास आया और बोला कि तुम दोनों लड्डू को एक साथ उछालो..... फिर मजा आएगा।

यह एक नया पैंतरा था ......कौवों के साथ खेलने के लिए ।

हम लोगों ने उत्साह में हामी भर दी । पवन ने नाली के ऊपर अपनी स्थिति संभाली....... संदीप ने पहला लड्डू ऊपर उछाला...... चार-पांच कौवे एक साथ टूट पड़े।

मुझे भी जोर से इशारा किया, " अबे...तू भी फेंक ।"

मैंने भी लड्डू उपर उछाला.... मेरे पास लड्डू उछालने का एक यही मौका था इसीलिए मैंने थोड़ा ज्यादा ऊपर फेंक दिया ।

संदीप का फेंका लड्डू एक कव्वे ने निगला और इसी बीच मैंने जो लड्डू ऊपर फेंका था वह झररररर से नीचे आने लगा....'न्यूटन ' का गुरुत्वाकर्षण का सिद्धांत था या छर्रे का वजन पता नहीं मगर वह बहुत तेजी से नीचे आ रहा था।

चार-पांच कौवे एक साथ टूट पड़े... मगर वह उनके अनुमान से ज्यादा गति से नीचे आ रहा था।

संदीप के द्वारा फेंके गए लड्डू को एक कौवे ने उगल दिया..... पवन एक दो कदम पीछे गया और लपका... एकदम 'मोहम्मद अजहरुद्दीन' की तरह।

हम सब खुशी मनाई रहे थे कि मेरे द्वारा फेंके गए उपमा का लड्डू नीचे आ रहा था......... उसके ऊपर की उपमा की परतें ' रॉकेट' के टूटे हुए पुर्जे की तरह

बिखर रही थी । सभी कौवे उन बिखरे हुए पुर्जो पर अपना ध्यान केंद्रित कर रहे थे और उगल रहे थे कि 'टनाक' की आवाज हुई .... और साथ में आSSSSSSई .... आSSSSSSई के आवाज के साथ किसी के रोने की आवाज आने लगी.... यह आवाजें पवन की थी।

वह छर्रा सीधा पवन के सिर से टकराया था वह अनुमान से ज्यादा गति से नीचे आया था.... और उसी की 'टनाक' की आवाज हुई ।

हम दोनों दौड़ कर पवन के पास पहुंचे । वह दोनों हाथों से सिर को दबाए हुए था....... और जोरो से रो भी रहा था । संदीप और मैं एकाएक सकते में आ गए । पवन के सिर के ऊपर एक ' टेंगू ' उभर आया था।

हम तीनों चुपचाप कक्षा की ओर बढ़ गए......... बिना किसी चिकित्सीय मदद के क्योंकि चिकित्सा के द्वार हमें इंसान से गधा और फिर मुर्गा बनाकर ही बंद होने वाले थे।

---------------------*-----------------*----------------

15. पाशा

“अम्मी कैसी है साहाब?”

दक्षिण भारतीय लहजे में एक आवाज़ मेरे कानों से आकर टकराई । अचानक मेरी तंद्रा टूटी । अनमनें ढंग से मैंने मुडकर देखा।

एक 18-19 साल का लडका... बडी मासूमियत से मुस्कुराकर मेरे से ही पूछ रहा था।

मैंने हंसने की नाकाम कोशिश की और विलायती ढंग से मुस्कुराकर कहा, "ठीक है।"

यह पाशा था......बंगलोर के HCG कैंसर अस्पताल में काम करनेवाला वार्डबॉय ।

HCG कैंसर अस्पताल चार अलग-अलग बड़े टावर या इमारतों में बटा हुआ है और सुरक्षा के हिसाब से उनमें एक दूरी भी रखी हुई हैं।

पाशा का चेहरा देखकर लगा शायद ..... भगवान भी ऐसे ही होते होंगे .... धरती पर।

फिर बोला,“दुवा करो साहाब.. हम भी करेगा।”

‘पाशा’ से मेरी मुलाकात भी इसी अस्पताल में हुई थी।

एक सुबह, मैं और मेरा भाई छोटा मोहित, ‘आई’ को लेकर अस्पताल पहुंचे थे।

जिस तरह से फोन पर डाक्टर से बात हुई उससे तो लग रहा था कि 3-4 घंटे के बाद हम लोग घर वापिस पहुंच जाएगें।

दोपहर हुई............. दिन ढलता गया और शाम हो गई।

आई, के लिए रेडिएशन (सेकाई) की जरुरत थी जिसके लिए एक "मुखौटा" तैय्यार करना था, ताकि नाभिकीय तरंगों से इलाज किया जा सकें । इसीकारण थोड़ा और अधिक समय लगने वाला था।

हम दोंनों के सेल फोन की बॅटरी समाप्त होती जा रही थी और इसीलिए हमारी चिंताएं बढती जा रही थी क्योंकि हमारे पास चार्जर नहीं था और हमने अब तक घर में किसी से भी बात नहीं की थी।

थारूल (मेरी पत्नी) और दीपिका (भाई की पत्नी) से कोई बात भी नहीं हुई थी।

जल्द लौटने की उम्मीद में हमने खाना भी नहीं लाया था और ना ही वहा कहीं खा पाये थे । हमें लग रहा था कि वें दोंनों भी हमारी राह तक रही होंगी।

मैं चार्जर की खोज में लगा ही था कि फोन की बॅटरी ने जवाब दे दिया।

माथे पर चिंता की रेखाएं साफ झलकने लगी थी।

मोहित और आई "मुखौटा" तैय्यार करने में ही व्यस्त थे।

अंतिम उम्मिद लेकर मैं टावर -1 के रजिस्ट्रेशन खिडकी की तरफ गया । उन्होंने हाथ खडे कर दिए और टावर -2/3/4 में ढूढ़ने को कहा, मगर कोई फायदा नहीं हुआ।

पुन: टावर-1 के तरफ आया।

रजिस्ट्रेशन खिडकी पर दो नए चेहरे नज़र आ रहे थे।

उनसे पूछा, पर जवाब अभी भी 'नहीं' पर ही अटका मिला।

मैं मायूसी ओढ़कर खुद को कोसता हुआ पलट ही रहा था कि एक पतली आवाज सुनाई दी, “अरे! मैं चार्जर देता ना साहाब।“

ये मेरी पाशा से पहली मुलकात थी।

फोन की बॅटरी के साथ,मेरी भी बॅटरी चार्ज हो रही थी।

चेहरे पर हंसी और शरीर में गति आ गई थी। मैंने उसे धन्यवाद दिया और वैसे ही थारूल का फोन आया, “क्या हुआ? सब ठीक तो हैं ना ?”

‘आई’ को अस्पताल में भर्ती कर दिया था।

बंगलोर का मौसम भी लाजवाब हैं। धूप और बारिश हमेशा लुका-छिपी खेलते रहते है।

धीरे-धीरे ‘आई’ अपनी याददाश्त खो रही थी । अचानक कभी बिस्तर पर उठकर बैठ जाती तो,कभी सलाईन की बोतल को लेकर बाथरूम जाने की कोशिश करती । उसे बार बार चीजों को याद दिलना पड़ता था और इसी वजह से ज्यादा समय के लिए अकेला नहीं छोड़ा जा सकता था।

‘आई’ , टावर -4 में भर्ती थी।

एक दिन डाक्टर ने मुझे मिलने के लिए टावर-1 में बुलाया था क्योंकि अस्पताल का पूरा प्रशासन वही से संचालित होता था। आज, मोहित भी साथ में नहीं था ।

मैं, हड़बड़ी में चला गया। एक घंटे बाद जैसे ही टावर-1 से बाहर आया तबतक बादलों की गड़गड़ाहट और गर्मजोशी देखकर मेरे हाथ-पांव ठंडे पड़ गए थे।

‘आई’ के पास जल्द से जल्द कैंसे पहुंचा जाए यहीं बात दिमाग में घूम रही थी।

बॅटरी पर चलनेवाली गाड़ी भी मौजूद नहीं थी।

हवाओं का रूख देखकर, सब मुझे रूकने को कह रहे थे....... पर मेरा दिल घबरा रहा थााकोई छाता देने को तैय्यार नहीं।

ना समय कट रहा था ना बारिश की गति कम हो रही थी।

मेरी बेचैनी भी बढ रही थी।

मैं अकेला ही दरवाजें पर खडा था ताकि मुझे देखकर बारिश रहम करें और बादल बरसना छोड दें।

मगर ऐसा कुछ नहीं हुआ।

अचानक एक देवदूत आया ....'पाशा'।

मुझे देखते ही झट से बोला, "क्या हुआ साहाब ? अम्मी किधर हैं?"

मैंने इशारा किया।

तुरंत वह बोला, "छाता लेकर आएगा"।

वह चौकीदार के पास गया जिसने मुझे 'छाता टुट जाएगा' कहकर देने से मना किया था।

करीब दस मिनट तक दोंनों जोर जोर से अपनी भाषा में बातें कर रहे थे......मुझे लगा कि वें आपस में लड़ रहें हैं...शायद।

पाशा, फिर छाता लेकर आया।

मैंनें आश्चर्य से पूछा, "कैसे किया पाशा ?"

पाशा बोला, “वो मना कर रहा था,कहीं तूफान में टूट ना जाएं”।

मैंने कहा, “फिर क्युं ले आएं ?”

वो बेफिक्री में बोला, ‘अम्मी अकेली है ना साहाब’।

मैं आश्चर्य से उसके चेहरे तरफ देख रहा था, मगर वो अपनी ही मस्ती में नीचे कुछ ढूँढ़ते हुए चल रहा था ।

फिर मैंने चलते-चलते कहा, ‘यदि छाता टुट गया तो’?

बोला ‘पैंसे दे दूंगा साहाब।"

हम लोग बारिश के वार से खुद को बचाते जा रहे थे।

ऐसे ही मैंने पूछा,’तुम्हारी उम्र कितनी हैं ?’

’बोला, "अठारह का हूं साहब.......घरवाले गरीब हैं और मैं बारहवीं फेल हूं"।

अपने अब्बा के कहने पर उसने काम शुरु किया था।

उसकी अम्मी भी काम करती हैं और उसका छोटा भाई पढ़ाई करता हैं ... उसने एक ही सांस में सब कह डाला।

बातों-बातों में ही हम टावर-4 पहुंच गये। अनायास ही मेरा हाथ मेरे बटूए पर गया।

मैंने 100 रुपए निकालें और उसके तरफ बढाएं।

अख्खड़ जैसे वह बोला , “क्या साहाब ,मैं तो अपना ड्युटी किया”।

फिर मैंने कहा 'छाता टुट जाएगा,उसके लिए ले लो'।

हंसते हुए वह बोला, " वैसे भी ये छाता टुटेगा नहीं........ मजबूत हैं.......अस्पताल का जो हैं" ।

और वह बेपरवाह-सा हँसते -हँसते चल दिया ।

.... और मैं उसकी हंसी पर बिका बिका-सा उसे निहारता रह गया ।

रूम पहुंचा ।

देखा, आई बाथरूम जाने के लिए छटपटा रही थी।

मैंने दौडकर उसे थामा और डांटने की मुद्रा में बोला, "आई, किसी को बुला लेना चाहिये था ना" ?

आई...... मुझे देखकर मेले खोए हुए उस असहाय बच्चे जैसे मुस्कुरा रही थी........जिसे अनायास उसके माँ-बाप मिल गए हो।

..............और मैं आई के चेहरे में, पाशा की हंसी देख रहा था ।

---------------------*------------------*-----------------

16 . गुलाबी हेलीकॉप्टर

सन १९८५.....

बरसात की शुरुआत हो चुकी ।

बारिश ने क्रिकेट के मैदान में कीचड़ कर दिया था । गिल्ली-डंडा और क्रिकेट जैसे बाहरी खेल अब बारिश के चलते घर में आराम फरमा रहे थे । कंचे,लट्टू जैसे ही कुछ खेल बचे हुए थे ।

समर्थ नगर में बंटी के घर के पीछे एक बहुत बड़ा प्लॉट था और उसी के बगल में एक भव्य राम मंदिर था । राम मंदिर, उस परिसर में आस्था का केंद्र था,जहां पूजा अर्चना एवं समर्थ नगर के सारे सांस्कृतिक कार्यक्रम होते थे ।

विदर्भ में लाखनी नामक एक जगह है और उस लाखनी के बगल में एक गड़ेगांव नामक जगह हैं । जहां एक ट्रक की बड़ी कंपनी 'अशोक लेलैंड' का उत्पादन केंद्र मौजूद हैं ।

'अशोक लेलैंड', ट्रक कंपनी और ग्राम पंचायत लाखनी, राम मंदिर की सफेद दीवार पर चलचित्र का प्रदर्शन करते थे, जिससे सरकारी योजनाएँ और उनकी जानकारी लोगों तक पहुंचाई जा सकें । उन दिनों घर में टीवी, लैपटॉप और मोबाइल नहीं हुआ करते थे, इसीलिए सारा मोहल्ला सभी सांस्कृतिक कार्यक्रम एवं पूजा अर्चना में वहीं इकट्ठा होता था । रामनवमी के समय तो सारा गांव वहीं उमड़ पड़ता था ।

उस खुले प्लॉट में बारिश के चलते बरसाती घास एवं 'पाँवड़' जिसे मराठी में 'तरोटा' भी कहते हैं, जैसी वनस्पतियां अपनी जगह बना लेती थी ।

मौसम की वजह से एक तरफ 'पाँवड़' बड़ा होने लगा था और उसने लगभग सारे क्षेत्र पर कब्जा कर लिया था । जिसके चलते राममंदिर का इलाका उसके

पीले- पीले फूलों की वजह से स्वर्णिम परिसर में तब्दील हो गया था। यहीं सब लोग लुकाछिपी खेलने लगे थे।

बंटी,नितिन, नीरज, गोट्या और बाकी लोग क्रिकेट छोड़कर अब लुकाछिपी में समय गुजारते थे । सारे बच्चे इस 'पाँवड़' के जंगल का सदुपयोग छुपने के लिए करते थे क्योंकि 'पाँवड़' की ऊंचाई इतनी थी कि यदि कोई झुक जाता तब वह पूर्णता छूप जाता था।

सभी को यहां किसी हरी-पीली चादर में छुपने का आनंद मिल जाता था । चुपके-चुपके यदि मिट्टी को खोदते , तो केंचुओं से मुलाकात हो जाती थी।

केचुआ, गोट्या के लिए एक शोध का विषय था । वह उसे ऊपर से नीचे, फिर दाएं से बाएं,ऐसे सभी ओर परखते रहता था, जो सभी बच्चों को आनंददायक लगता था।

गोटया,सबके लिए एक छोटा वैज्ञानिक ही था । उसका बोलना, समझाना पसंद भी नहीं आता था तो भी सब न जाने क्यूँ सुनते रहते थे।

बंटी 7 वर्ष का था,नीरज 8 और नितिन और गोटया 11 साल।

वैसे गोटया सभी के लिए एक पहेली था और गोटया को बंटी और नीरज अपने चेले जैसे लगते थे । क्योंकि यह दोनों उसकी हर हां में हां मिलाते थे, लेकिन नितिन, गोटया की हीरोगिरी को मानता नहीं था मगर उसकी कर्तुत्वशक्ति, गोटया के शक्ति से कमजोर थी । इसीलिए ना चाहते हुए , वह भी गोटया को टाल नहीं पाता था।

एक दिन लुकाछिपी का खेल चल रहा था । नितिन को सभी को ढूंढने का कार्य मिला हुआ था । इसीलिए, छुपने का समय देने के लिए वह राम मंदिर की दीवार के पास गया था । वहां उसे 30 तक गिनती करना था ताकि उसी बीच बाकी लोग छुप सके।

बंटी, अक्सर गोटया के पीछे-पीछे छुपते रहता था क्योंकि उसे गोटया की बदमाशियां पसंद आती थी । गोटया, मिट्टी में कीड़े ढूंढता रहता और यही खुराफात बंटी को आनंद देती थी।

गोट्या, केंचुए ढूंढ रहा था मगर निराशा हाथ लग रही थी । इससे ज्यादा परेशान बंटी था क्योंकि उसे लग रहा था कि बिना केंचुए से खेले आज का दिन बर्बाद हो जाएगा । लेकिन गोट्या को अपनी शक्ति पर पूरा भरोसा था कि वह कुछ तो ढूंढ ही लेगा । इधर नितिन सबको ढूंढ रहा था और बाकि लोग पाँवड़ के जंगल में छुपे हुए थे।

नितिन, शायद किसी को ढूंढ नहीं पाया और इसी का फायदा उठाकर वह मंदिर में प्रसाद खाने भाग गया ।

इधर नीरज धीरे-धीरे छुपते-छुपते गोट्या करीब पहुंच गया । उसे भी गोटया की खुराफात अच्छी लगती थी और अब वह भी साथ केंचुआ ढूंढने लगा मगर अब तक निराशा ही हाथ लगी थी ।

इसी बीच गोट्या ने सभी को शांत रहने का इशारा किया । सब लोग आदेश मानकर चुप हो गए ।

गोटया, धीरे-धीरे पाँवड़ के पीले फूलों की ओर बढ़ रहा था, जहां एक चतुर (ड्रैगनफ्लाई) बैठा हुआ था ।

उसका आकर्षक गुलाबी रंग था, छह पैर, लंबी गुलाबी पूंछ, पारदर्शी पंख, चने की जैसी आंखें और आंखों के ऊपर एंटीना के जैसी श्रृंगीका,चतुर को एक सजाए हुए हेलीकॉप्टर का रूप दे रहा था ।

धीरे-धीरे सब लोग भी गोट्या की तरफ बढ़ने लगे थे ।

अब तक मन मस्तिष्क के केंद्र में मौजूद केंचुआ, कहीं उड़ गया था और उसकी जगह बैठ गया था यह 'गुलाबी चतुर' । गोटया ने झपट्टा मारकर, चतुर को पकड़ने का प्रयास किया मगर असफलता ही हाथ लगी । मगर गोट्या अभी

गोट्या ने झपट्टा मारकर, चतुर को पकड़ने का प्रयास किया मगर असफलता ही हाथ लगी । मगर गोटूया अभी भी अपने मिशन में लगा हुआ था । चतुर आगे-आगे बढ़ रहा था और गोटया उसके पीछे-पीछे और सब लोग गोटया के पीछे ।

शाम होने को थी, सूर्य का प्रकाश कमजोर हो रहा था और चतुर गायब हो चुका था।

अगला दिन रविवार था.... सारी चांडाल चौकड़ी वही महफिल जमा कर तैनात हो गई ।

गोटया, आज एक नई ऊर्जा से लबालब था और वह लुकाछिपी जैसा कोई भी खेल, खेलने को तैयार नहीं था और ना ही वह केंचुए पर कोई अभ्यास करना चाहता था ।

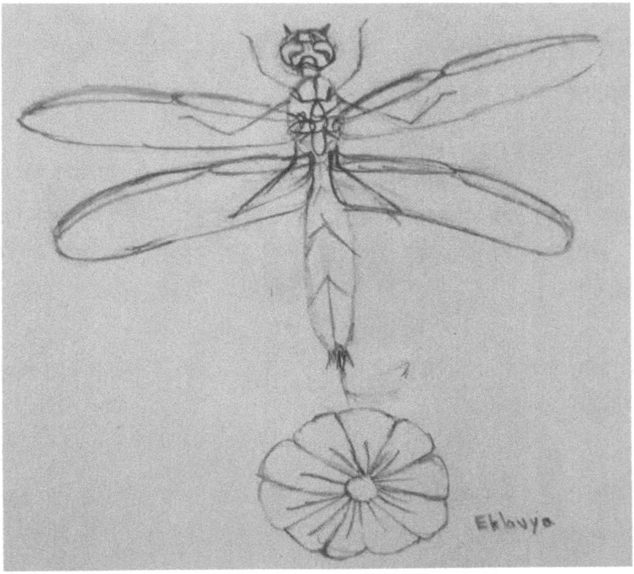

सभी कैप्टन गोट्या के आदेश पर चतुर का पीछा करने लगे। सभी गुलाबी रंग के चतुर ढूंढ रहे थे मगर वह कहीं मिल ही नहीं रहा था ।शायद उसे मिशन की भनक लग चुकी थी और इसीलिए वह कहीं छुपा हुआ था ।

दोपहर होने को आई थी, मगर चांडाल चौकड़ी गुलाबी चतुर से काफी दूर थी। धूप बढ़ने लगी थी और सभी थकने लगे थे और कुछ निराश भी थे तभी कैप्टन गोटया बोला, " छोड़ दो उसे... किसी और को पकड़ेंगे" ।

तभी बंटी चीख पड़ा, " अरे! यहां एक नीला चतुर है।"

उसी पल नीरज को पीला चतुर भी दिखा।

एकाएक, सभी पुनः जोश में आ गए और गोटया ने झपट्टा मारकर एक पीला चतुर पकड़ लिया। पुनः गोटया ऊर्जा से भर गया था और पीले चतुर को वह सब को दिखा रहा था।

गोटया ने चतुर को बेरहमी से पकड़ लिया वह देखकर नितिन बोल पड़ा, "छोड़ दो उसे, क्यों परेशान कर रहे हो?"

नितिन की आवाज सुनकर,बंटी और नीरज थोड़े से उदास हो गए मगर गोटया के ऊपर उसका कुछ असर नहीं हुआ । वह चतुर को ऊपर नीचे और दाएं-बाए कर निरीक्षण करने लगा और साथ ही बंटी और नीरज को उसके बारे में समझाने लगा।

बंटी और नीरज चतुर को देख रहे थे तभी बंटी बोल पड़ा, "यह तो हेलीकॉप्टर की तरह दिखता है।"

एकाएक गोटया बड़ी-बड़ी आंखों से बंटी को देखने लगा और चिल्ला उठा, "क्या....ऐसा थोड़ी होता है हेलीकॉप्टर ?

हेलीकॉप्टर के पीछे पंख होते हैं।"

ऐसा बोलते-बोलते, उसने पाँवड़ के पीले फूलों को तोड़ दिया। और पुनः बोल पड़ा, "देखो ! चतुर को कैसे हेलीकॉप्टर बनाता हूं तो ?"

बंटी और नीरज, गोट्या को देख रहे थे और उसी पल उसने झटके में चतुर की पूंछ तोड़ दी और पाँवड़ के पीले फूलों को उसकी पूंछ के पीछे घुसाने लगा। चतुर की पूंछ खोखली होती है जहां, बमुश्किल पीला फूल फंस गया .... पूंछ के पीछे ।

अब पीला चतुर जिसकी पूंछ पर पीले रंग फूल फंसा हुआ था उसे सभी को दिखाते हुए गोटया बोल पड़ा, " देखो, ऐसे होता है हेलीकॉप्टर।"

बंटी और नीरज आश्चर्यमिश्रित डर से उसे देख रहे थे और नितिन गोट्या को गालियां दे रहा था ।

नितिन घर की ओर बढ़ गया मगर बंटी और नीरज गोट्या से अभी भी चिपके हुए थे ।

गोटया ने चतुर को हवा में छोड़ते हुए कहां, " देखो कैसे उड़ता हेलीकॉप्टर ?"

जैसे ही गोट्या ने चतुर को हवा में छोड़ा, वह बड़ी तेजी से ऊपर उड़ने लगा.... लग रहा था जैसे 'जान बची तो लाखों पाए' सोचकर वह पूरी शिद्दत से ऊपर उड़ रहा है । उसकी पूंछ हेलीकॉप्टर के पंखे जैसी लग रही थी। बंटी और नीरज हंसते हुए उसे देख रहे थे और गोटया छाती फुलाते हुए ।

शाम को चांडाल चौकड़ी पुनः एकत्र हो गई थी ।

नितिन सबको सलाह दे रहा था कि गोटया से दूर रहे ।

थोड़ी देर में गोटया पहुंच गया.......... मगर कुछ चीज लेकर....कुछ नुकीली चीज। एक पतली-सी नुकीली लोहे की पिन ।

उसके चेहरे पर एक अलग ही तरह की मुस्कान थी । उसके चेहरे का तेज और उर्जा देखकर बंटी और नीरज उसी की ओर लपक पड़े । दोनों को देखकर गोटया मुस्कुरा उठा, " देखो! आज क्या करता हूं ?"

बंटी और नीरज पुनः जिज्ञासावश उसे देख रहे थे।

सभी लोग चतुर की खोज में इधर-उधर भटक रहे हैं और इसी दौरान एक गुलाबी रंग का चतुर उड़ता हुआ दिखा। उसे देखते ही गोट्या का उत्साह आसमान छूने लगा । वह बोला, "सुबह बहुत छुप रहा था और अब शिकार खुद आया है..... शिकारी के पास।" और हंस पड़ा।

नितिन बोल पड़ा, " परेशान मत करो यार उसे।"

इसी बीच गोट्या ने उसी गुलाबी चतुर को पकड़ लिया ।

आज गोटया चतुर के साथ क्या करेगा यह एक यक्ष प्रश्न बंटी और नीरज के दिमाग में घूम रहा था ।

गोट्या के आदेश पर, बंटी ने पाँवड़ के पीले फूलों को तोड़ दिया ।

एकाएक गोट्या ने चतुर को नीरज के हाथ में थमा दिया और बंटी के पास से फूल छीनकर, उसको अपने पास मौजूद नुकीली पिन के दूसरे सिरे पर घुसा दिया, और तेजी दिखाते हुए उसने पिन का दूसरा सिरा गुलाबी चतुर के पूँछ के पीछे घुसा दिया ।

चतुर की पूंछ से कुछ तरल द्रव बाहर आया था,उसे देख कर बंटी को पता चल चुका था कि वह कुछ गलत कर रहा है।

अब ..... गुलाबी चतुर के पीछे पीला फूल लगा हुआ था । उसे देख कर मुस्कुराता हुआ गोट्या बोल पड़ा, "देखो ! पीले पंख वाला गुलाबी हेलीकॉप्टर।"

ऐसा कहते-कहते हैं उसने चतुर के पंखों को भी थोड़ा सा छांट दिया और उसे उड़ने के लिए छोड़ दिया।

चतुर के पंख कटे हुए थे और फूल और लोहे की पिन के चलते सारा भार उसकी पूँछ की ओर आ रहा था ।

चतुर अपना जीवन बचाने के लिए ऊपर-ऊपर उड़ने लगा और गोट्या उसका पीछा करने लगा।

धीरे-धीरे उसकी शक्ति कम हो रही थी इसीलिए वह पूरा जोर लगा रहा था और इसी के चलते वह अपने पंख जोरों से फड़फड़ा रहा था । इसी फड़फड़ाहट के चलते हैं उसकी पूँछ भी हिल रही थी।

गुलाबी हेलिकपॉटर अब ऊपर ऊपर उड़ रहा था और उसके नीचे जोर-जोर से खिलखिलाता हुआ गोटया दौड़ रहा था ।

बंटी और नीरज दोनों उदासीनभाव से चल रहे थे .... नितिन के साथ .... अपने अपने घर की ओर।

वे तीनों चार-पांच कदम चले ही थे कि एकाएक गोटया की चीखें सुनाई पड़ी।

वह " आई- आई" कहकर रोते हुए अपनी मां को पुकार रहा था । रोते-रोते वह निचे बैठ गया । उसकी चीखें सुनकर वे तीनों उसकी ओर दौड़ पड़े।

गोटया के आँख के पास से खून बह रहा था क्योंकि वहां, वही नुकीली लोहे की पिन चुभी हुई थी,जिसके दूसरे सिरे पर पाँवड़ के पीले फूल,एक झंडे की तरह सजे हुए थे।

वे तीनों उसे उसके घर लेकर गए।

उसकी पुकार सुनकर, उसकी मां बाहर आई और गोट्या का रुदन और रक्त देखकर थोड़ी सी डर गई ।

शायद उसकी माँ को हमेशा डर रहता था कि गोटया कुछ तो गड़बड़ करेगा ही।

गोट्या के आंख के नीचे, पीला झंडा देख कर देखकर वह बोल पड़ी, " यह क्या हो गया ? कैसे हो गया ?"

गोटया, झूठमूठ बता रहा था कि उसे कांटा चुभा है।

गोटया की मां उसकी आंखें पोंछ रही थी मगर रक्त रुकने का नाम ही नहीं ले रहा था।

मां, पीले फूल वाली पिन देखकर गुस्से से गोटया की और देख रही थी और गोटया पिन को छुपा रहा था ।

वह बार-बार गोटया को पूछ रही थी और वह उत्तर नहीं दे रहा था।

इसी बीच नितिन जो अब तक गोटया के व्यवहार से दुखी था वह बोल पड़ा, " चाची, गोटया ने चतुर के पूंछ में लोहे की पिन चुभाई थी, शायद वही चीज चतुर ने गोटया को चुभा दी होगी।"

एकाएक, आंसुओं से भरा हुआ मां का चेहरा, गुस्से से लाल-लाल हो गया । उसने बगल में पड़ा हुआ, एक झाड़ू उठाया और उसी झाड़ू से गोटया को प्रसाद देना शुरू कर दिया ।

गोटया रो रहा था और रोते-रोते अपनी मां को बता रहा था कि हेलीकॉप्टर का पंखा टूट गया और मेरी आंखों के नीचे चुभ गया।

--------------------*-----------------*---------------

17- अद्भुत मांग

एक दिन, एक बकरी अपने बच्चों के साथ जंगल गई थी । घूमते घूमते वह मार्ग से भटक गई । वापसी की राह में जंगल से बाहर निकलने की बजाए वह उल्टी दिशा में जाने लगी ।

टहलते-टहलते वह नदी के पास पहुंच गई, जिसके ऊपर एक पुलिया बना हुआ था । उसके बच्चे, उसके पीछे-पीछे पैदल चलकर थक चुके हैं।

थोड़ी देर में उसने देखा कि एक शेर उसके दिशा में बढ़ रहा है और लगभग उसके पास पहुंच चुका है ।

वह डर गई।

वह कुछ सोच पाती तभी उसने देखा कि उसके दोनों बच्चे थोड़ा पीछे छूट चुके हैं और उनके पास एक लोमड़ी लार टपका रही है । उसकी एक और कुआं था तो दूसरी और खाई थी... वह करे तो क्या करें ?

उसने शेर से दया की भीख मांगते हुए कहा कि, "वह उसके बच्चों को लोमड़ी से बचाए"।

शेर, जोर जोर से हंसने लगा और ठहाके लगाने लगा ।

उसके ठहाके सुनकर लोमड़ी भी सकते में आ गई । उसका ध्यान दो पल के लिए बच्चों से दूर हो गया । इसी का फायदा उठाकर दोनों बच्चे अपनी मां की ओर दौड़ पड़े ।

जब लोमड़ी ने भांपा कि बच्चे उसके चंगुल से बच सकते हैं तो वह भी उनके पीछे दौड़ पड़ी।

अब बकरी, उसके बच्चे ,शेर और लोमड़ी सभी पुलिया के समीप पहुंच गए थे।

बकरी अपने बच्चों की जान के लिए गिड़गिड़ा रही थी । शेर पुनः जोर-जोर से ठहाके लगाने लगा । इसी समय पुलिया की दूसरी ओर से शेर की बीवी, शेरनी आ रही थी।

शेर बोला, " मैं तुम्हारे बच्चों को लोमड़ी से तो बचा सकता हूं।"

बकरी खुश हो गई । लेकिन वैसे ही शेर (शेरनी की ओर इशारा करके) बोल पड़ा, "तुम्हारे बच्चों को लोमड़ी से तो बचा लूंगा मगर मैं तुम्हें अपनी बीवी को खिलाऊंगा।" और वह हंस पड़ा।

हंसते-हंसते शेर फिर बोल पड़ा, " तुम बच्चों को बचाना चाहती हो तो जाओ खुद को शेरनी को समर्पित कर दो।" ऐसा कर शेर ने शेरनी की ओर एक लंबी सी मुस्कान बिखेर दी।

शेर की बातें सुनकर बकरी की हवा सरक गई और वो रोने लगी। एकाएक, वह रोते-रोते का एक पुलिया पर चढ़कर शेरनी की तरफ दौड़ने लगी ।

शेरनी के पास पहुंचते ही वह उसके चरणों में गिर पड़ी और बोली, " महारानी जी ! कृपया मुझे जल्दी से खाइए । जल्दी से खा लीजिए मुझे।"

ऐसा कह कर वह जोर जोर से रोने लगी और रोते रोते फिर बोली, " मुझे जल्दी से खा लीजिए ना।"

इधर लोमड़ी और शेर, बकरी के शेरनी के पास एकाएक जाने से, एक दूसरे को भौचक्के से देखने लगे।

उन्हें कतई यह उम्मीद नहीं थी कि बकरी ऐसा कुछ करेगी । वे दोनों को यह भी समझ नहीं आ रहा था की बकरी भागी क्यों ?

उधर ,बकरी के दोनों बच्चे भी डर के मारे, दूर से ही अपनी माँ को देख रहे थे ।

शेरनी भी आश्चर्य से उसे ही देख रही थी और आश्चर्य से बकरी से पूछ बैठी, "क्या चाहती हो तुम ? .... क्या चाहिए तुम्हें ?"

बकरी(रोते -रोते) : "प्रश्न बाद में पूछ लेना,पहले मुझे खा लीजिये... । "

बकरी की इस अद्भुत मांग से शेरनी भी हतप्रद थी।

गुस्से में बोली, " मुझे नहीं खाना तुम्हें..... पहले मुझे माजरा समझाओ।"

रोते-रोते बकरी बोली (शेर और लोमड़ी की ओर इशारा करते हुए): "आप कृपया मुझे खाइए वरना वे दोनों मेरे बच्चों को मार देंगे।"

शेरनी गुस्से में गुर्रायी: क्या मतलब है तुम्हारा ?
बकरी: "उन्होंने मुझे जहरीला फल खिलाया है । वे चाहते हैं कि आप मुझे खा कर मर जाए ताकि वे दोनों आराम से साथ में रह सकें।"

शेरनी भौचक्की की सी देख रही थी....कभी बकरी को, कभी शेर को,तो कभी लोमड़ी को।

शेरनी कुछ समझ पाती इसके पहले पुनः बकरी चीख पड़ी, " मुझे खाओ ना जल्दी, वरना मेरे बच्चे बच नहीं पाएंगे।"

शेरनी, शेर की ओर देख रही थी, जिसके चेहरे पर मुस्कान थी। उसकी मुस्कान देखकर शेरनी गुस्से में तमतमा गई और बिना समय गवाएं और जोर से दौड़ पड़ी... लोमड़ी की ओर।

शेर, बकरी से दूर भागती शेरनी को देख कर बोल पड़ा, " पहले बकरी का स्वाद तो लो।"

शेर भी शेरनी के रूप से अचंभित था।

शेरनी ने गुस्से से पूछा, " क्या! तुम उस बकरी को मुझे खिलाना चाहते थे।

शेर: "हां मैं चाहता था कि उसका मांस तुम्हें खिलाऊं"।

शेरनी को अब बकरी की बातों पर यकीन हो गया था ।

शेरनी गुस्से से बोली, " अब तुम जल्दी से घर चलो, बाकी बातें वही होगी।"

ऐसा कहकर एक ही झटके में उसने लोमड़ी को मार गिराया।

उसका रुख देखकर शेर कुछ बोल ही नहीं पाया और शेरनी के पीछे चल पड़ा।

शेरनी ने बकरी को जंगल के वैद्य के पास जाकर जहर का इलाज करने को कहा।

शेरनी के जाते ही बकरी अपने बच्चों को लेकर घर आ गई ।

---------------------*------------------*-----------------

18- बिच्छू का डंक

अमूमन, होली रंगों का त्योहार ही होता है ।

मगर बचपन में होलिका दहन में की जाने वाली जद्दोजहद ज्यादा रोमांचकारी, यादगार और रहस्यमय लगती है ।

समर्थ नगर में होली उस्तव की तैयारी, संक्रांति समाप्त होते ही शुरू हो जाती थी ।

मोहल्ले के बड़े भैया लोग, हम छोटो को अनेक कामों में इस्तेमाल करते थे...... जैसे अपने साथ टोली बनाकर खेत खलियान में ले जाते ताकि वहां से सूखी लकड़ी, गोबर के कंडे जैसी चीजें इकट्ठा की जा सके।

वैसे भी होली हमारे मोहल्ले की आन ,बान और शान हुआ करती थी...... साथ ही आस पड़ोस के दूसरे मोहल्लों की भी ।

होली दहन के दौरान जिसके होली की लपटें जितनी ऊंची होती थी, उतनी ऊंची नाक उस मोहल्ले की हो जाए करती थी।

हमारे मोहल्ले का 'गोट्या', हम छोटे बच्चों के लिए एक नेता हुआ करता था..... साल भर ।

क्योंकि वह बड़ा था, हम लोगों से शक्तिशाली था और खुराफाती भी और उसने स्वयं को घोषित भी करके रखा था। और वैसे भी , हम लोगों के अलावा उसे और कोई घास नहीं डालता था।

मगर होली के दौरान वह पूरे मोहल्ले का नेता बन जाता था क्योंकि वह जितनी जगह से, जितने लोगों से या जितने तरीकों से लकड़ी इकट्ठा कर सकता था उतना कोई और नहीं कर पाता था या यूं कहें तो उतना हुनर किसी और के पास नहीं था । और इसी के चलते होली के दौरान पूरे मोहल्ले की नाक वह ऊंची रखता था।

बचपन के रंग

वह लकड़ी एकत्रीकरण में इतना समर्पित रहता था कि होली के लिए उसने अपने दादाजी का, चलने में मददगार लकड़ी का डंडा और घर की लकड़ी की कुर्सी भी स्वाहा कर चुका था।

इस साल भी होली की सरगर्मी जोरों पर थी । गोट्या और नितिन होली के मंसूबे बना रहे थे और नीरज और मैं उनके गुर्गे मात्र ही थे,जो कभी कभार मातहत का काम भी करते थे क्योंकि हम दोनों उन दोनों से छोटे जो थे।

पड़ोसी मोहल्ले ने पिछले सत्र में बाजी मारी थी क्योंकि उनके होली की लपटें ऊंची और होली की दहक लंबे समय तक थी ।

हम एक 'चाल' में रहते थे । जिसमें करीब आठ परिवार रहते थे ।

गोट्या, थोड़ा बगल में रहता है.... थोड़े बड़े घर में।

हमारे घर के पीछे कुछ खाली खेत थे । खेतों में कुछ बबूल, कुछ आम और कुछ बेर के पेड़ थे और वही कुछ कटे ठूँठ भी रखे रहते थे । हमारी चिल्लर पार्टी इन्हीं जगहों से सूखी लकड़ियां, सूखे कंडे इकट्ठा करती थी।

संक्रांति समाप्त हो चुकी थी ।

हम लोग मिशन होली के लिए जुड़ चुके थे । खेतों में कटाई हो चुकी थी । कुछ खेतों में चना और लाख जैसी दाले बची हुई थी ।

लगभग सभी खेत लगभग आयताकार हुआ करते थे । उनकी मेड़ पर बड़े पेड़ हुआ करते थे । खेतों की मेड़ हमारे लिए पगडंडी का काम किया करते थी ।

सूर्य उत्तरायण में प्रवेश कर चुका था।

इसीलिए सुबह ठंड और दोपहर में गर्मी का एहसास रहता था । स्कूल के बाद हम सब मिशन होली के लिए तत्पर हो जाते थे ।

रविवार के अलावा, मंगलवार हम सबका एक पवित्र दिन हुआ करता था, क्योंकि सप्ताहिक बाजार के चलते स्कूल सुबह 7:00 से 11:00 तक ही रहते थे।

हमारी 'चाल' के सामने , एक सीमेंट की टंकी हुआ करती थी। जिसमें मोहल्ले के सभी लोग अपने घर का कूड़ा , करकट और कचरा जमा किया करते थे । अक्सर, यह टंकी हमारे लिए क्रिकेट खेलने के समय, स्टंप बन कर मदद भी करती थी क्योंकि हम लोग सीताफल या अमरूद के हरे पत्तों से या कोयले से इसी टंकी पर तीन रेखाएं खींचकर स्टंप बनाते थे ।

साथ ही यह कचरा-टंकी हम लोगों के लिए एक 'लैंडमार्क' भी थी क्योंकि हमारे हर काम की शुरुआत इसी के इर्द-गिर्द होती थी या यूं कहें तो हमारी सारी बैठकें भी इसी के पास होती थी। हम सब लोग यहीं से आगे बढ़ते थे,फिर चाहे क्रिकेट खेलना हो या कंचे खेलना हो या होली की लकड़ियां इकट्ठी करनी हो या शरद पूर्णिमा की बैठक करनी हो।

एक मंगलवार को स्कूल के बाद दुपहर 12:00 बजे के आसपास इसी टंकी के पास इकट्ठा हुए थे ।

गोट्या बोल पड़ा चलो, "आज बहुत सारी लकड़िया इकट्ठी करनी है।"

नितिन: 'हां यार! पड़ोसी मोहल्ले ने काम भी शुरू कर दिया । और इस बार पड़ोसी मोहल्ले को हराकर ही रहेंगे।'

इसी बीच हमारे मोहल्ले के दो बड़े भैया लोग आ गए और एक भैया बोले, " गोट्या, लकड़िया जमा कर रहे हो कि नहीं ?'

तभी दूसरे भैया बोल पड़े, " कैप्टन गोटया है तो, कोई चिंता की कोई बात ही नहीं।"

मगर कैप्टन का संबोधन सुनते ही उसकी बांछें खिल गई, कॉलर ऊंचे हो गए, छाती करीब दो इंच फूल गई और उत्साह चार गुना बढ़ गया।

गोट्या बोला, " अब...... बस जा ही रहे हैं ।"

नीरज और मैं, क्रिकेट खेलना चाहते थे। इसीलिए हम दोनों ने कहा कि, 'हम लोग नहीं जाएंगे,हमें क्रिकेट खेलना है ।'

गोट्या और नितिन, सकते में आ गए ।

शायद ..... लकड़िया कौन ढोएगा यह यक्षप्रश्न उन्हें सता रहा था । हम लोग छोटे थे , इसीलिए इस तरह के काम वह हम पर थोप दिया करते थे । मगर हमारी छोटी सी हड़ताल का नतीजा यह निकला कि नीरज और मुझे एक बार बल्लेबाजी मिलेगी और जब हम आउट हो जाएंगे तब हमें उनके साथ लकड़ियों के लिए प्रस्थान करना होगा।

हम लोग खुश हो गए । मगर ज्यादा खुश होने की वजह से हम लोग ज्यादा देर तक बल्लेबाजी नहीं कर सके और सात आठ गेंदों में ही हमारी पारी सिमट गई।

अब भारी मन से, हम लोग खेतों में घूम रहे थे ।

हम हर पेड़ को देखते, फिर ताकते और फिर घूरते । तलाश रहती थी कि सूखी लकड़ियां या टूटे हुए ठूंठ मिल जाए ।

आज का दिन अच्छा था ।

अगले एक घंटे में हमने, अपने वजन से करीब चारगुनी लकड़ियां इकट्ठा कर ली थी और इन्हें खींचकर, गोट्या के घर के पिछवाड़े तक पहुंचाना था जहां होली के लिए मोहल्ले की सभी लकड़ियां एकत्रित की जाती थी ।

हम लोगों को अब लकड़ियाँ खींचना था लेकिन लकड़ियाँ खींचने के अलावा, हमें लगभग एक किलोमीटर का फासला तय करना था.......वह भी

पुष्पेय

अपने वजन से चार गुनी लकड़ियों के साथ, वह भी खेतों की टेढ़ी-मेढ़ी पगडंडियों के भरोसे ।

हम लोग लकड़ियां खींच कर करीब आधा किलो मीटर ही चले थे कि थककर चूर हो गए। हमारे हाथ-पांव फूल रहे थे और हिम्मत जवाब दे रही थी ।

मगर हमें और करीब आधा किलोमीटर आगे बढ़ना था ।

नितिन और गोटूया, बड़े ठूंठ खींच रहे थे इसीलिए उनकी हवा कुछ ज्यादा ही ख़राब हो चुकी थी और वे ज्यादा ही पस्त हो चुके थे ।

खेत के कोने में एक बेर के पेड़ के नीचे हम लोगों ने अपना छोटा सा डेरा डाल दिया था ।

कुछ देर यहां हम लोग आराम करना चाहते थे और शक्ति को पुनः संगृहीत करना चाहते थे ।

हम लोग वहीं बैठ गए ..... लकड़ियां बिखरा कर ।

हम थके हुए थे ।

एक मीठे बेर के पेड़ के नीचे कुछ सूखी हुई मगर पकी बेर पड़ी हुई थी । उन्हें उठाकर हम लोगों ने अपने पेंट पर घिस कर साफ किया और खाने लगे ।

अब जीभ पर मिठास घूलने लगी थी, और उत्साह भी संचारित होने लगा।

कैप्टन गोटूया, एक ठूंठ के सहारे लेट कर बेर खा रहा था ।

ठंडी-ठंडी हवा भी दस्तक देने लगी थी । जिससे हम सब की थकान मिट रही थी ।

अचानक, मेड़ पर लेटे हुए गोट्या की नजर सामने वाली मेड़ पर जाकर स्थिर हो गई..... शायद उसे कुछ हलचल महसूस हुई । वह मुंह से बेर की गुठली को हवा में उड़ाया और फिर उसे फुटबाल की तर्ज पर किक मारकर, बोला ‘ अरे देखो वहां कुछ है।’

सभी वहां देखने लगे मगर हम लोगों को वहां कुछ नजर नहीं आया।

अब हम तीनों उसी के ओर बढ़े ।

मेड़ पर कुछ हरी, तो कुछ सूखी, तो कुछ छोटी, तो कुछ लंबी घास थी।

और वहां छोटे-छोटे कई गड्ढे भी थे...... शायद उनमें से किसी गड्ढे में कुछ हलचल हुई थी, जो गोट्या को नजर आई थी ।

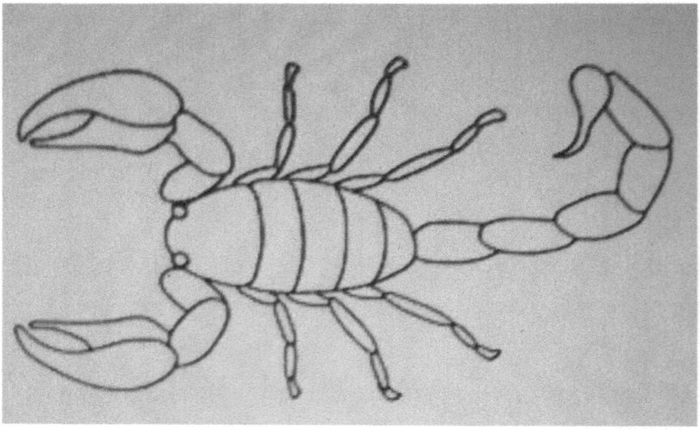

मैं और नीरज उस हलचल को महसूस नहीं कर पा रहे थे। इसलिए हमने गोट्या की बात को खारिज कर दिया ।

जैसे हमने बात खारिज की वैसे ही गोट्या को याद आया कि वह हमारा नेता है और थोड़ी देर पहले बड़े भैया लोग उसे कैप्टन कहकर गए थे। वह अपने जूठे हाथ पेंट को हाथ पोछते हुए ताव देकर खड़ा हुआ ।

और बोला, 'क्या तुमको पता नहीं, कैप्टन कौन है ?'

हम लोग सकपका गए ।

वसे ही उस ने एक लंबी घास तोड़ी और एक गड्ढे में उसको डाल दिया।

शायद...... मुझे नीरज को नहीं दिखने वाली हलचल उसी किसी गड्ढे में हुई थी ।

गोट्या ने घास को बाहर निकाला और हमें दिखाया ।

मगर उसमें कुछ नहीं था..... वह निराश हुआ, और हम दोनों मन ही मन खुश हुए क्योंकि उसकी बात झूठ हो रही थी, जो हमें किसी विजय की तरह लग रही थी और यह बात हमें बोलने की हिम्मत नहीं थी, इसीलिए हम मन ही मन खुश थे ।

गोट्या ने फिर घास किसी गड्ढे में डाला और दो मिनट बाद निकाला.... फिर भी कुछ नजर नहीं आया ।

इसी बीच नितिन तपाक से बोल पड़ा, "बगल वाले गड्ढे में घास डाल कर देखो ।"

चिंताग्रस्त गोट्या अब थोड़ा सा निश्चिन्त हुआ क्योंकि कोई तो उसका समर्थन कर रहा था और उसने बगल वाले गड्ढे में एक लंबी सी घास डाल दी ।

अगले दो-तीन मिनट बाद उसने, उस लंबी घास को बाहर निकाला।

एकाएक हमारी नजरें उसी घास के दूसरे सिरे पर टिक गई.... या यूं कहै हमारी सिट्टी-पिट्टी भी गुल हो गई, क्योंकि घास के अगले सिरे पर एक काला-सा कीड़ा चिपका हुआ था ।

अब गोट्या की की बांछें खिल गई थी... उसके कॉलर फिर ऊंचे हो गए थे और नाक लंबी और आवाज रोबदार हो गयी थी।

अब वह पुनः पूर्णता कैप्टन बन गया था।

फिर बोला, ' देखा! कुछ हलचल है यहां। देखो मैं कह रहा था ना...... यहां पर कुछ है।

यकीनन .....वहां एक काला-सा कीड़ा था, जिसकी लंबी और नुकीली पूंछ निकली हुई थी ।

हम सब उसे गौर से देख ही रहे थे कि नितिन चीख पड़ा, " अरे! यह तो बिच्छू का बच्चा है ।"

बिच्छू सुनते हैं हम लोग सकते में आ गए और गोट्या खिलखिला उठा ।

खिलखिलाते हुए वह उस घास को, जिसके एक कोने पर बिच्छू था, हमारी ओर मोड़ने लगा ।

उसे हमारी आंखों में तैरता हुआ डर अच्छा लग रहा था ....शायद ।

वह खिलखिला रहा था और उसका खिलखिलाना हमें चुभ रहा था ।

एकाएक गोट्या जिस घास को हमारी ओर लहरा रहा था, वह बीच से टूट गई, बिच्छू का बच्चा नीचे गिर गया और भाग गया ।

अब हमारी जान में जान आई मगर गोट्या की जान कहीं अटक गई..... वह दुखी हो गया।

नितिन बोला, " चलो लकड़िया समेटते हैं ।"

वैसे ही गोट्या चीख पड़ा, “ नहीं...... इतनी जल्दी नहीं.... रुको थोड़ी देर..... कोई कहीं नहीं जाएगा” ।

उसकी आवाज में आदेश था... वह हमारा नेता था.... जो उसने खुद को चुना था..... अतः हमको आदेश मानना ही पड़ा..... ना चाहते हुए ।

गोट्या ने फिर घास तोड़ी और फिर एक गड्ढे में डाल दी..... दो-तीन मिनट बाद पुनः घास बाहर निकाली और हवा में लहराई... इस बार भी वहां एक बिच्छू था..... छोटा-सा.... शायद यह भी बच्चा था।

अब, सफलता का नशा गोट्या पर चढ़ा चूका था जो उसकी हंसी से और हमारे डर से जाहिर हो रहा था।

मैंने कहा, “ भाऊ ! चलो घर चलते हैं ।

गोट्या ने बड़ी-बड़ी आंखों से पहले मुझे देखा और फिर नीरज को, वैसे ही नीरज थोड़ा संभलते हुए बोल पड़ा, “ चलो..... थोड़ी देर में चलेंगे”।

अबकी बार गोट्या ने उस घास को, जिसका एक सिरा बिच्छू ने अपने मुंह में पकड़ रखा था, हवा में लहराते हुए छोड़ दिया । बिच्छु का बच्चा पैराशूट की तरह जमीन पर आ गिरा और फिर कहीं गुम हो गया।

हमें उम्मीद थी कि गोट्या अब हमें घर चलने का आदेश देगा..... मगर कप्तान का दिल अभी नहीं भरा था।

गोट्या ने पुनः एक घास को तोड़ा... यह घास थोड़ी सी लंबी थी । और उसे बगल वाले एक गड्ढे में घुसा दिया । दो-तीन मिनट बाद पुनः बाहर निकाला..... मगर फिर निराशा हाथ लगी ।

उसने पुनः घास का एक सिरा गड्ढे के अंदर घुसा दिया और इंतजार करने लगा ।

तीन -चार मिनट के बाद उसे कुछ महसूस हुआ... शायद ।

घास की डंडी पर अतिरिक्त भार, वह महसूस कर रहा था।

गोट्या के चेहरे पर सफलता का जश्न नजर आ रहा था... वह खुशी से उछल पड़ा, " अरे........फिर से बिच्छू मिला।"

गोट्या अब जोर-जोर से हंस रहा था ।

उसने धीरे से घास को बाहर निकाला और हमारी दिशा में मोड़ दिया ।

घास का जो सिरा हमारी ओर था, वहां एक बड़ा सा बिच्छू था... एकदम काला सा।

गोट्या ने उसे हमारी दिशा में लहरा दिया और फिर खिलखिला उठा और नीरज की हाथ की बढ़ाते हुए बोला, "इसे पकड़ कर देखो।"

डर की वजह से, नीरज दो कदम पीछे सरक गया और गोट्या दो गुना खिलखिला उठा।

फिर वह मेरी और मुड़ा, मैं तो डर के मारे सात -आठ कदम पीछे भाग गया।

गोटया का खिलखिलाना बदस्तूर जारी था..... अब उसे बिच्छू पकड़ने की अपेक्षा हमारा डर ज्यादा खुशी दे रहा था।

अचानक ..... उसने घास का रुख नितिन की ओर मोड़ा... नितिन हाथ में मौजूद एक लकड़ी को हिलाते हुए ..... एक कदम पीछे हटा ।

नितिन के हाथ की लकड़ी, घास की डंडी से टकराई थी ...... जिससे वह बीच से ही टूट गई ।

बिच्छू, घास का टूटा हुआ सिरा पकड़कर गोटूया के दाएं पैर के पास गिर गया...एकदम बगल में और झट से गोटूया के पैर पर चढ़ गया और उसने वही डंक मार दिया ।

अब गोटूया कराह उठा.... और धम से वहीं बैठ गया । धम की आवाज होते ही... बिच्छू भी कहीं भाग गया ।

अब गोटूया जोरों से चीख रहा था..... हम लोग मन ही मन खुश हो रहे थे ......मगर फिर भी दौड़ कर उसके पास पहुंच गए, क्योंकि वह हमारा कैप्टन था ।

उसकी आंखों से गंगा-जमुना बह रही थी और मुख से रोने के मंत्र के उच्चार हो रहे थे ।

वह जोरो से "आई..... आई.." की रट लगा रहा था ।

उसके आंसू देख कर हमारी खुशी काफूर हो गई.... हम तीनों ने उसे बड़ी मुश्किल से संभाला ।

अगले ही पल हम लोग गोटूया को खींच रहे थे.... होली की लकड़ी की जगह .....

और गोटूया जोर-जोर से रो ही रहा था ।

---------------------*------------------*-----------------

लेखक के बारे में

'पुष्पेय' ओमप्रकाश गोंदुड़े
(Email: OP.GONDULE@GMAIL.COM)

पिता: श्री पुरुषोत्तम गोंदुड़े

माता: श्रीमती पुष्पा गोंदुड़े

M.Sc (Chemistry), B. Ed (Nagpur University), NTPC Ltd में कार्यरत, (**भिलाई,** छत्तीसगढ़)।

बचपन वैनगंगा नदी के आस पास गुजरा और पढ़ाई महाराष्ट्र में विदर्भ के विभिन्न स्थानों जैसे समर्थ विद्यालय लाखनी, जिला परिषद मोहाड़ी, जवाहर नवोदय विद्यालय साकोली और गढ़चिरोली,पोरवाल कॉलेज कामठी तथा M.Sc रसायन विभाग नागपुर विद्यापीठ में पूर्ण हुई । B. Ed की डिग्री बार. वानखेड़े कॉलेज नागपुर से उत्तीर्ण की ।

कई कविताएँ और लेख विभिन्न पत्रिकाओं में प्रकाशित । लेखन 'पुष्पेय' के नाम से करते हैं।

9789354279881
FCW - #0158 - 061026 - C0 - 203/127/8 - PB - 9789354279881 - Gloss Lamination